Doce vampiro

CIP-BRASIL. CATALOGAÇÃO NA FONTE
SINDICATO NACIONAL DOS EDITORES DE LIVROS, RJ

M431d

Meaney, Flynn
   Doce vampiro / Flynn Meaney ; tradução Rodrigo Dubal. -
Campinas, SP : Verus, 2010.

   Tradução de: Bloodthirsty
   ISBN 978-85-7686-099-0

   1. Ficção juvenil americana. I. Dubal, Rodrigo. II. Título.

10-4939
                                             CDD: 028.5
                                             CDU: 087.5

FLYNN MEANEY

Doce Vampiro

Tradução
Rodrigo Dubal

Título original
Bloodthirsty

Editora
Raïssa Castro

Coordenadora Editorial
Ana Paula Gomes

Copidesque
Ana Paula Gomes

Revisão
Anna Carolina G. de Souza

Projeto Gráfico
André S. Tavares da Silva

Diagramação
Daiane Avelino

Ilustração da capa
Marcos de Mello

Copyright © Elizabeth Meaney, 2010

Tradução © Verus Editora, 2010

Todos os direitos reservados, no Brasil, por Verus Editora.
Nenhuma parte desta obra pode ser reproduzida ou transmitida por qualquer forma
e/ou quaisquer meios (eletrônico ou mecânico, incluindo fotocópia e gravação) ou
arquivada em qualquer sistema ou banco de dados sem permissão escrita da editora.

VERUS EDITORA LTDA.
Rua Benedicto Aristides Ribeiro, 55
Jd. Santa Genebra II - 13084-753
Campinas/SP - Brasil
Fone/Fax: (19) 3249-0001
verus@veruseditora.com.br
www.veruseditora.com.br

*A meus pais, por todos os livros que leram
para mim, numerosos demais para citar*

Agradecimentos

Agradeço muito às seguintes pessoas:

Meu agente, Daniel Lazar, por me orientar durante a publicação do meu primeiro livro e por, de alguma forma, tornar fácil e agradável cada etapa do processo.

Minha editora, Elizabeth Bewley, pelas sugestões e conselhos cuidadosos, e todos na Little, Brown que se apaixonaram por Finbar Frame.

Minha família e amigos, especialmente Lucila Farina, que me inspirou com seu amor pela cultura pop dos vampiros, e Christine Becker, que achou *Doce vampiro* hilário antes mesmo de ter lido uma única palavra.

— Me transforme — Jenny pediu, com um olhar tão intenso que poderia ter me cravado na parede atrás de mim. — Me transforme numa vampira.

Seu pescoço era branco como leite, como uma tela em branco ou o caderno no primeiro dia de aula. As poucas sardas ao redor da clavícula saltavam na minha direção como se fossem alvos. *Crave seus dentes aqui*, pareciam dizer. *Bem aqui.* Uma das veias parecia especial, saliente, pronta para explodir. A jugular. Dois anos antes eu havia aprendido sobre a jugular, a maior veia do corpo, que transporta grande parte do sangue. Meu professor de biologia não tinha previsto que essa lição se tornaria um perigo em minhas mãos. Mas, nos últimos meses, era o que tinha acontecido.

Eu tinha de admitir que a oportunidade era perfeita. Jenny era pequena, mais de um palmo mais baixa que eu, e pesava no máximo quarenta e cinco quilos. Não era apenas fraca e indefesa — ela queria ser uma vítima.

O cenário também era perfeito, coisa de filme de terror barato e romance de Mary Shelley. Eu e Jenny estávamos num beco escuro. Aos pés dela, folhas secas, sujeira e uma pomba destroçada. Com exceção de uma fraca luz cintilante que vinha do terceiro andar, nada nem ninguém nos interrompia. Não havia testemunhas.

Mas eu queria, queria muito que alguém aparecesse. Turistas perdidos com sotaque do sul, batedores de carteira, qualquer um. Rezava para alguém nos interromper. Me sentia completamente maluco por ter começado isso tudo. Toda essa mentira.

Já passei por várias situações na minha vida em que, não importava o que fizesse, não poderia vencer. E lá estava eu de novo. Então, torcendo por uma inspiração e rezando por um milagre, botei os dentes para fora, inclinei a cabeça e avancei em direção ao pescoço dela...

Epa, espere um pouco. Acho que estou contando tudo do jeito errado. Isso me faz parecer um desses vampiros malvados, de filmes de terror, que saem por aí farejando e encurralando suas vítimas para depois chupar o sangue delas e transformá-las em vampiros contra sua vontade. Na verdade, eu estava tão assustado quanto Jenny naquele beco – e ainda mais inseguro. Queria mesmo que alguém surgisse ali, um policial, um sem-teto, um super-herói. Eu me sentia tão inseguro naquele momento porque jamais havia transformado alguém em vampiro antes.

Bom, isso não é verdade. Fui eu mesmo que me transformei em vampiro.

E, para falar a verdade, eu me tornei um vampiro em circunstâncias bem normais. Não normais como nos casos que envolvem becos e pescoços à mostra, ou como nas cenas de livros de ficção ou filmes de terror. Meus pulsos não estavam presos por correntes ensanguentadas. Eu não estava num porão cheio de cruzes e com as janelas cobertas. Ninguém pairava perigosamente perto da minha garganta exposta. Não havia caninos sedentos prontos para atacar. Não havia caixões despedaçados, castelo na Transilvânia ou morcegos enfurecidos. Ninguém estava usando capa – muito menos eu.

Eu me transformei em vampiro no terceiro vagão do trem do condado de Westchester, em Nova York. Eu era um aluno católico do Meio-Oeste, criado à base de Tang e que nunca devolvia os livros da biblioteca no prazo. E me transformar em vampiro daquele jeito foi normal para mim, já que aprendi sozinho a dar um nó Windsor na gravata e a cantar a música "Changes", do Tupac Shakur, em latim – e também aprendi sozinho que, se usasse um nó Windsor ou recitasse "Changes", do Tupac Shakur, em latim na frente de todo mundo, acabaria apanhando. Tá certo, talvez eu tenha aprendido essas duas últimas lições com outras pessoas, contra minha vontade. Mas fui que escolhi me transformar em vampiro.

Personagens de livros e filmes raramente se tornam vampiros por opção. Geralmente são encurralados contra um caixão ou uma parede num castelo e têm seu sangue sugado enquanto se contorcem e se debatem em agonia. Virar vampiro *machuca*. Ou, no meu caso, é um pé no saco. Para "se transformar" por vontade própria, você precisa estar à beira da morte, ou tão de saco cheio do ser humano patético que você é que abriria mão da própria mortalidade em troca de qualquer mudança. Pensando nisso agora, vejo que tinha mesmo chegado a esse beco sem saída, a essa situação de desespero e de decepção comigo mesmo. E agora tento lembrar como cheguei a esse ponto.

Talvez tenha começado com a mudança para Nova York.

Cresci em Alexandria, Indiana. Bem, "cresci" é modo de falar. Morei lá até os 16 anos, mas tive sorte e continuei crescendo depois disso. Já tinha mais de um metro e oitenta de altura, mas em termos de pelos na cara estava atrasado, então é provável que ainda não tivesse alcançado a maturidade. Enfim, Alexandria, Indiana. O lugar é famoso por ser o lar da Maior Bola de Tinta do Mundo. E o que é uma bola de tinta?, você questiona. Boa pergunta. É uma bola de beisebol de tamanho normal com mais de 21.500 camadas de tinta. Você pode conferir nos cartões de Natal da nossa família dos últimos doze anos. Tiramos uma foto na frente da bola todo ano.

Meu pai era gerente regional de vendas de uma empresa de eletrônicos. Ele era como um desses caras da CIA que vão para o escritório e voltam para casa sem nunca falar sobre o que fazem. A única parte do trabalho que ele trazia para casa era sua paixão por engenhocas eletrônicas. Isso deixava minha mãe maluca, pois ela tem verdadeiro pânico de tecnologia e acha que qualquer coisa que liga na tomada pode causar câncer. Embora meu pai seja completamente sem noção, alguém certo dia achou que ele era esperto o suficiente para ser promovido a consultor. E assim ele foi transferido para o escritório de Nova York. Ao que parece, um consultor é alguém que espia por cima do seu ombro enquanto você faz o *seu* trabalho e diz como você pode fazer melhor. Eu não conseguia imaginar meu pai fazendo isso. Já minha mãe...

Meu irmão, Luke, e eu havíamos acabado de terminar o primeiro ano do ensino médio na escola católica St. Luke, que não ficava muito longe. Luke era *running back* do time de futebol americano e armador do time de basquete. Ele havia se saído tão bem nos dois esportes aquele ano que os treinadores prometeram que ele começaria na categoria júnior. Quanto a mim, fui promovido a editor da revista literária. Tá bom, fui promovido de único colaborador a editor. E, tá certo, a *St. Luke's Lit* tinha uma circulação de cinco exemplares (lidos por mim, o orientador da escola, minha mãe e dois estudantes anônimos que tinham tanta vergonha disso que não colocaram os nomes em uma pesquisa). Mas "editor da revista literária" cairia bem quando eu tentasse entrar na faculdade.

Só que eu não aguentava mais aquela escola. Apesar da minha poderosa posição na revista, ninguém me respeitava de verdade. Principalmente um garoto chamado Johnny Frackas, que estava sempre me enchendo. Todo mundo o chamava de "Johnny Sardas" (tanto por suas sardas quanto pelas que cobriam o corpo inteiro da mãe dele, assunto de muita especulação na escola), o que fez com que ele ficasse zangado e descontasse sua raiva em quem estivesse mais perto. Graças à obsessão do colégio pela ordem alfabética, essa pessoa era eu: Finbar Frame. Todas as manhãs do nono ano, Johnny Frackas saudava minha chegada à sala de aula com um "Bom dia, Frutinha" e uma risada estridente. No primeiro ano do ensino médio, fui promovido a Almirante Frutinha. Na verdade, aquilo deveria ter feito *dele* um idiota, já que se tratava de uma referência a *O retorno de Jedi*, mas mostrar isso aos outros não me fez ganhar ponto algum. E eu deveria ter sido protegido dessa tortura pelo meu irmão gêmeo, que tinha o mesmo sobrenome que eu e, dessa forma, deveria estar na mesma sala que eu na escola. Mas Luke mal aparecia nas aulas, pois seus treinadores de futebol americano e de basquete conseguiam dispensas para tudo. Eu estava por minha conta.

As manhãs de segunda-feira no primeiro ano eram as piores. A maioria dos caras estava começando a tirar a carteira de motorista, a arranjar namoradas e identidades falsas que não tinham a menor graça para os donos de bares. Outros esperavam ansiosamente pelo fim de semana para ir a festas jogar pingue-pongue de cerveja, vomitar até as tripas e beijar garotas (espero que não os dois ao mesmo tempo, se bem que eu já ouvi histórias...). Nada disso acontecia comigo, nem a parte de botar as tripas para fora.

Não é que nunca me convidassem para nada. Na verdade, meu irmão me convidava para tudo. Toda sexta-feira à tarde ele atravessava o longo corredor que separava meu quarto do dele e dizia:

– Ei, o irmão do Sean O'Connor deu três caixas de cerveja para ele. As latas estão todas amassadas, mas ele pesquisou no Google e disse que é muito difícil a gente pegar botulismo. Vem beber com a gente!

Ou:

– A irmã gostosa da Maddy Keller voltou da Suécia e as duas estão dando uma festa. Com garotas *suecas*! Elas são as mais gostosas depois das brasileiras. Finn, você tem que ir. Vai ser *a-ni-mal*!

Ou:

– Você viu a propaganda daquele filme de terror em que aquela garota do Disney Channel mostra os peitos? O time todo vai ver, vem junto! – Pausa. – E tem *serra elétrica*, brou!

Para o meu irmão, cheio de energia e otimismo, um monte de coisa era *a-ni-mal*. Isso porque, toda vez que Luke entrava em algum lugar, era um festival de aplausos e adoração. Para ele, toda festa do colégio era como a estreia de um filme com direito a tapete vermelho – e ele era o Vince Chase, do *Entourage*. As pessoas brigavam para falar com ele e fazer perguntas. As meninas puxavam a roupa dele e pediam autógrafo. Os garotos o chamavam por apelidos esquisitos que tinham inventado enquanto bebiam Gatorade no campo de futebol. Todo mundo ficava feliz por ver o Luke.

Eu podia imaginar como caras como, digamos, Johnny Frackas reagiriam ao me ver numa festa com garotas suecas e me sentindo parte da turma. Ou como Sean O'Connor se sentiria se um nerd qualquer aparecesse para beber uma de suas preciosas cervejas amassadas. Ou como iam rir se me vissem tentando plantar bananeira em cima de um barril de chope (uma vez Luke me obrigou a fazer isso quando nossos pais estavam fora, e depois daquilo me convenci de que você precisa ser um atleta olímpico para conseguir). Não é que eu não gostasse de garotas suecas ou de filmes de terror. E não é que eu não gostasse do Luke. Eu gostava dele, mas não queria andar por aí com os outros idiotas do St. Luke.

Eu nunca diria ao meu irmão que tinha medo que seus amigos viessem me encher o saco. Primeiro, porque ele nunca teve problemas com interações sociais e jamais entenderia. Em segundo lugar, Luke entendia tudo ao pé da letra e poderia dizer a eles: "Não encham o saco do meu irmão" – o que, obviamente, teria o efeito contrário.

Assim, de vez em quando eu dava uma desculpa legítima para o meu irmão, como "Estou cansado de andar com os caras do colégio".

Às vezes eu apelava para algo mais ridículo e dizia, bem sério: "Ah, eu não posso beber essa cerveja. Morro de medo de botulismo".

Ou, sobre o filme: "Ouvi dizer que a garota do Disney Channel é na verdade um travesti".

Ou, sobre a festa: "Pena que as suecas fazem voto de castidade até os 25 anos. É verdade, eu li em algum lugar. O governo obriga todas elas a fazer".

Mas Luke não tinha medo de botulismo, da confusão de sexos ou do desafio da abstinência forçada pelo governo. Então ele saía e eu ficava em casa, enquanto outros caras acumulavam meses de experiência sexual. Toda segunda-feira, eles chegavam ao colégio desgrenhados, como se estivessem exaustos de tanta ação no fim de semana. E toda segunda-feira Johnny Frackas me perguntava: "Pegou alguém no fim de semana, Frutinha?"

Eu revidava com uma resposta inteligente? Usava minha perspicácia e meu domínio das palavras para elaborar a mãe de todas as piadas-com-a-sua-mãe? Me aproveitava do fato de Johnny "Sardas" Frackas ser um alvo tão fácil? Não. Nunca. Nem uma vez. Na verdade, eu nunca respondi. Ficava sentado como um maricas, encolhia os ombros mirrados de maricas ou fingia estar de repente muito interessado no livro de química. Nunca disse uma única palavra. E como me arrependo.

Por isso, era óbvio que eu estava feliz de sair do St. Luke e me mudar para Nova York. Estava mesmo na hora de uma transformação – mas não foi Nova York que me transformou em vampiro.

Talvez a transformação toda tenha começado em Nova York, com aquela garota no trem. Ela olhou para mim no instante em que entrei e se dirigiu para um assento perto do meu. Embora ela estivesse lendo um livro grosso, me encarava toda vez que mudava de parágrafo. Seus olhos já haviam percorrido as manchas avermelhadas nas minhas mãos e as ataduras nos meus braços. Então ela disse que sabia o que havia de errado comigo. E ela parecia tão certa daquilo, tão compreensiva, que eu concordei. Acho que foi naquela hora que decidi que minha vida precisava mudar.

Ou talvez a necessidade de mudança tenha começado quinze anos e nove meses antes, com a fertilização de dois óvulos muito diferentes por dois espermatozoides muito diferentes. Desculpe mencionar a vida sexual dos meus pais, mas foi assim que eu e Luke começamos. Minha mãe liberou um óvulo com seu entusiasmo e energia, e outro com suas neuroses sociais e seu sentimentalismo barato. Meu pai forneceu um espermatozoide com suas habilidades esportivas e sua simpatia, e outro com sua tendência de se trancar no quarto o fim de semana inteiro. O espermatozoide legal encontrou o óvulo legal e os dois foram dar uma volta na parte legal do útero. Os encalhados se juntaram por falta de opção e o resultado fui eu.

Os médicos disseram à minha mãe que ela estava esperando gêmeos bivitelinos, mais conhecidos como gêmeos fraternos. Dois conjuntos diferentes de genes. Dois bebês diferentes. Um absorveu todos os nutrientes e cresceu corpulento e saudável. O outro ficou subnutrido, mas era muito preguiçoso para começar uma briga por causa disso. Hoje em dia, o primeiro tem dez quilos a mais que o segundo.

Um de nós recebeu o nome de Luke, o outro de Finbar. É difícil não acreditar que o azar que me acompanhou a vida toda foi confirmado pela escolha desse nome.

Luke nasceu em um mundo cheio de glória e admiração. E garotas. Meu irmão foi banido do recreio do acampamento da Associação Cristã de Moços oito vezes no mesmo verão por ter sido beijado pelas meninas. Foi totalmente injusto. Luke não devia ter se dado mal – a vítima era ele. Ele foi atacado pelas meninas. E continua sendo, até hoje. Ele foi o único aluno do primeiro ano da nossa escola convidado para a festa de formatura. Foi uma garota asiática gostosa da Escola de Moças All Saints que o convidou. E podem acreditar: apesar do nome da escola, aquelas garotas *não* eram todas santas. Meu irmão chegou em casa com as calças alugadas viradas do avesso.

As diferenças entre nós dois apareceram para valer quando fizemos 12 anos. Luke chegou em casa de uma festinha com meninas e meninos do bairro e contou aos nossos pais que três garotas o haviam beijado aquela noite. Tipo, elas *beija-*

ram Luke. Na boca. Minha mãe, uma romântica incurável, mas que também tem pavor de doenças, ficou dividida entre o horror e a curiosidade. Ela resolveu o dilema perguntando todos os detalhes ao meu irmão enquanto o levava ao médico para um exame de mononucleose.

Eu também queria saber mais sobre aqueles beijos (um deles tinha sido daquela menina que usava um terço junto com um top frente-única?), mas quando perguntei Luke já tinha se distraído à procura de uma barra de cereais. Você pode estar se perguntando onde eu estava enquanto rolava essa pegação toda no porão da casa da Mary. Eu estava lá. Na mesma festa. Mas o Luke estava no porão e eu estava lá em cima, vendo o Henry Kim jogar paciência. P.S.: A única coisa mais patética do que jogar paciência numa festa, mesmo numa festa da sétima série, é ficar vendo *outra pessoa* jogar paciência. Além disso, eu não tinha a menor ideia dos beijos que estavam rolando no porão. Eu sempre perdia todos os amassos.

Já que contar aos meus pais que eu estava sozinho com outro cara enquanto todo mundo beijava as meninas no porão podia passar a impressão errada, só encolhi os ombros quando eles perguntaram: "E você, Finbar?"

Não é que eu não esteja interessado em garotas. Pergunte ao padre que ouve minha confissão todos os meses. Eu estou *muito* interessado nelas. Para falar a verdade, me interesso por garotas toda manhã durante mais ou menos seis minutos no chuveiro. Minha libido é igualzinha à do Bill Clinton. Até a minha obsessão por livros deve ter sido causada por minha libido excessiva. Especialmente pela bibliotecária da seção infantil da Biblioteca de Alexandria. Ela tinha peitos enormes.

Gigantes, na verdade. Cada um era do tamanho de uma bola de boliche. Juro. Assim, desde os meus tempos de *Era uma vez um troninho*, associo a leitura a tudo que o corpo feminino representa: conforto, suavidade, sensualidade, vínculo materno, nutrição, sensação de bem-estar... e *peitos*.

Já que não saio muito, o amor e o sexo, na minha cabeça, estão relacionados a livros e filmes. Já vivi a vida de Heathcliff, Romeu, Rhett Butler, George Clooney, Harrison Ford e James Bond. Da segurança do meu quarto, é fácil acreditar que posso ser tão conquistador e corajoso quanto qualquer um desses caras. Minha mãe também encontra essas coisas nos livros. Quer dizer, não sexo. Ela é católica fervorosa, mas adora histórias de amor. Como um cão de caça, ela farejou essa veia romântica que eu tentei esconder. Virei uma companhia para ela, seu parceiro de comédia romântica, seu Clube do Livro da Oprah particular. Digamos apenas que eu sei mais sobre a evolução da cor do cabelo da Katherine Heigl do que qualquer homem deveria saber.

A velha me estragou, de várias maneiras.

As comédias românticas da minha mãe me fizeram crer que as garotas querem caras atenciosos, confiáveis e românticos. Claro que, quando o filme começa, ela está com um egocêntrico numa Ferrari. Mas aos poucos vai prestando atenção no cara que sabe qual é a flor que ela mais gosta, o sujeito que a salva de uma festa à fantasia em que ela é a única fantasiada e que garante que a inteligência dela a faz ser muito mais sexy do que a irmã, modelo da *Playboy*. O público todo se derrete quando o cara faz um discurso sincero sobre as verdadeiras razões pelas quais ama a garota. A falta de jeito e a esquisitice dele apenas o deixam com um ar sonhador. Esse é o cara que eu poderia ser. Aliás, esse é o cara que eu *sou*.

E daí? As garotas da escola me odeiam.

Os caras que pegam mulher no colégio buzinam e gritam para garotas de saias curtas. Eles viram doses de vodca nas festas da escola para criar coragem enquanto tentam levantar o vestido das meninas. Eles tiram sarro delas nos jogos de futebol porque elas enfiam a calça dentro da bota; eles anotam o número de telefone das garotas no celular como "Loira" ou "Morena", porque nunca perguntam o nome delas e não estão nem um pouco interessados em saber. Ou porque realmente esqueceram. É assim que o Luke é com as garotas. É por isso que ele fica com elas – e na verdade, já que estamos falando de garotas, tudo começou com uma.

Foi assim que aconteceu.

Celine.

Espere um pouco. Antes de começar minha história de humilhação (a primeira de muitas), vou contar mais um pouco sobre a mudança para Nova York.

Em agosto, nos mudamos de Indiana para Pelham, Nova York. Pelham é cercada pela praia e pelo Bronx, e eu e Luke achávamos os dois lugares incríveis. Em uma semana, minha mãe já tinha encontrado todas as igrejas católicas e prontos-socorros num raio de vinte quilômetros da nossa casa. Ela cresceu em Boston e estava contente por morar perto de Nova York e ver ressurgir todas as suas neuroses urbanas – como cair no vão entre a plataforma e o trem, ser assaltado num beco, ser tentado a entrar para uma gangue com algum cumprimento descolado, contrair doenças de mendigos e pombos (minha mãe ainda não alcançou o nível de compaixão que seu modelo, Jesus Cristo, tinha pelos pobres). Ela deu máscaras cirúrgicas e apitos de emergência para mim e para o Luke.

Depois de perceber que parecíamos dois doentes com gripe suína à procura de uma boate gay, nós rapidamente "perdemos" tudo aquilo – em um incidente infeliz envolvendo o Estuário de Long Island e a maré vazante.

Meu pai ganhou um aumento no novo emprego, por isso Luke e eu ganhamos um carro novo. Um Volvo prateado. Passamos todo o mês de julho aprendendo a dirigir e fomos aprovados no exame de direção. Eu era um bom motorista, para falar a verdade. Luke era mais do tipo perigoso, e acho que nosso avaliador deixou que ele passasse no exame de tão aliviado que ficou por sobreviver. Um carro para dois adolescentes ansiosos... e, uma vez na vida, as coisas funcionaram a meu favor. Fiquei com o Volvo, com seus sensuais airbags e tudo o mais, para ir para a escola. Luke tinha de pegar o trem para uma escola católica no Bronx chamada Escola Preparatória Fordham. Esse colégio havia recrutado Luke para o time de futebol, e ele pegaria o trem todos os dias. Fordham era bem parecida com St. Luke – uma comunidade pequena, uniforme, forte concentração nos esportes e só garotos.

Num raro momento de genuína empatia, minha mãe percebeu que eu precisava de uma mudança em relação ao St. Luke, ou talvez ao Luke. Então me matriculou na Escola Secundária Pública de Pelham.

– Você vai conhecer mais pessoas! – disse minha mãe. – Eu ficava triste porque você quase não tinha amigos em St. Luke.

– Mãe – resmunguei. – Eu tinha amigos.

– Ah, sim, Henry Kim! Tinha esquecido o Henry Kim – ela respondeu. – Que menino bonzinho. Ele era tão bom em matemática. E no violino.

(A pior parte do embaraçoso estereótipo da minha mãe sobre o Henry Kim, que era americano de origem coreana, é o fato de que ele *era mesmo* muito bom em matemática e no violino. Claro que ele também era um astro do time de futebol da escola, mas eu não contei isso para minha mãe, porque não queria que ela soubesse que o Henry era melhor do que eu nos esportes.)

Era minha primeira vez numa escola pública. Era minha primeira vez numa escola sem o Luke. E o mais importante: era minha primeira vez numa escola com garotas. Mas eu já conhecia uma garota em Nova York. Celine.

Conversávamos pela Internet fazia quatro meses. Nós nos conhecemos numa sala de bate-papo chamada Faculdade Confidencial. Não é um site de encontros. Geralmente serve para alunos do ensino médio postarem uma lista de matérias extras do tamanho de *Guerra e paz* e perguntarem: "Será que entro na Duke?!?!?!?!?" Às vezes serve para os pais trocarem ideias sobre qual é a melhor atividade extracurricular para ajudar na admissão, esgrima ou oboé.

Para Celine e para mim, era onde podíamos conversar sobre faculdades com os melhores cursos de literatura comparada. Depois disso, nosso relacionamento ficou mais íntimo, migrando para o Facebook e para o MSN. Começamos a conversar toda semana, depois diariamente, falando sobre nossos livros favoritos e metendo o pau em suas adaptações medonhas para o cinema. Uma vez ela foi a uma leitura de Jeffrey McDaniel (um poeta performático que nós dois gostávamos) e mandou uma mensagem para mim assim que chegou em casa: "Queria que você estivesse online!!!" Foi um momento espetacular. Eu podia ver meu próprio sorriso de pateta no reflexo da tela.

Por sorte, eu conseguia parecer muito descolado através de uma conexão wireless. Celine nunca tinha visto meu rosto, já que no meu perfil no Facebook havia uma foto de Tolstói em vez de uma foto minha.

Celine tinha nascido na França, mas morava no Upper West Side, em Manhattan. Ela estudava numa dessas escolas esnobes para meninas, com filhas de magnatas donos de hotéis e de astros do rock decadentes no segundo casamento. Celine me contou um monte de coisas sobre a sua vida que não contava para mais ninguém, como as festas que suas colegas davam em seus lofts quando os pais estavam viajando e como elas faziam seus cãezinhos mistos de maltês e poodle beberem Smirnoff Ice. Celine, como eu, não bebia, o que fazia de nós dois provavelmente os únicos adolescentes do mundo que não enchiam a cara de cerveja nas noites de sexta-feira. Celine fumava, mas só cigarro de cravo. E isso não contava, já que ela era europeia. Ela tinha experimentado maconha duas vezes. Na primeira vez foi só para ver como era, e na segunda alguém a enganou, colocando a erva dentro de um bolo, que ela não conseguiu rejeitar porque estava de TPM (eu não perguntei mais nada sobre essa história).

Como toda europeia, ela certamente apreciava alguém com sofisticação, inteligência, boas maneiras e amplo conhecimento literário e cultural. Eram exatamente esses os traços que eu havia desenvolvido durante anos de leitura na Biblioteca de Alexandria, espremido entre os seios gigantescos da bibliotecária da seção infantil e o Live Bait, bar/clube de strip/loja de pesca ao lado da biblioteca.

Celine e eu tínhamos avançado para a intimidade das mensagens via celular depois da minha mudança para Nova York. Combinamos de nos encontrar no fim de agosto para nos conhecer. Havíamos planejado um café, mas depois eu mudei tudo: em vez de um café, procurei na Internet por restaurantes franceses no Upper West Side. Mandei uma mensagem para Celine: "Mudança de planos", e junto enviei o endereço do restaurante. Ela iria pensar que eu tinha achado um ótimo café entre minha estação de trem e o apartamento dela, mas na verdade eu ia impressioná-la com um chique jantar do seu país natal num lugar chamado Les Poissons, que tinha ótimas críticas na Internet, mas também uma que dizia que "os garçons são extremamente mal-educados". Esses comentários juntos me fizeram crer que se tratava de um autêntico restaurante francês.

Sim, eu sei, sou um gentil e romântico cavalheiro. Para falar a verdade, aquilo me faria passar por alguém com a elegância de Richard Gere em *Uma linda mulher*, a espontaneidade de George em *Uma janela para o amor*, a audácia de Harrison Ford em *Guerra nas estrelas* e as habilidades tecnológicas de Tom Hanks em *Mensagem para você*.

Mas mesmo quando você tem um plano romântico traçado e está vestindo uma camisa social, não há nada mais estressante do que esperar que sua paquera da Internet dê as caras. Então comecei a me questionar, de "Será que passei muito gel no cabelo?" a "Mocassim? O que eu tinha na cabeça?".

Depois, quando ela já estava dezesseis minutos atrasada, comecei a ficar preocupado. Será que ela era tão bonita quanto nas fotos? Talvez um dia ela tivesse sido daquele jeito, mas depois engordou cento e cinquenta quilos. Ou encheu o rosto de piercings. Agora ela tinha noventa por cento do corpo coberto de metal e nunca mais poderia voltar para seu país por causa dos detectores dos aeroportos. Ou ela podia ser uma alienígena. Ou uma assassina. Ou um homem!

Com dezessete minutos de espera, a ansiedade se transformou em medo. Olhei rapidamente ao redor do restaurante. Quem estaria lá para me proteger se Celine aparecesse do nada com uma serra elétrica e seu rosto metálico? Havia duas mesas com casais mais velhos – e por mais velhos quero dizer que podiam pedir bebida alcoólica sem infringir a lei. Também havia uma mesa com cientistas de jaleco branco celebrando alguma descoberta. O clichê do cientista maluco não estava tão distante da realidade...

Até que...

Meu. Deus. Lá estava ela.

Eu nunca entendi o que as aulas de ciências ensinavam sobre a matéria, sobre as coisas estritamente físicas da existência, mas lá estava ela, na vida real, com um contorno sólido no espaço entre as elegantes portas de vidro. Não era uma mensagem enviada ao meu computador ou uma foto tirada de cima por ela mesma. Celine era *real*.

E ela era perfeita, com um vestido cor-de-rosa que mostrava a pele dourada das coxas, dos braços, do peito. Que bronzeado! A garota era uma deusa da melanina!

Contrariando todas as expectativas, ela veio na minha direção.

Os homens no restaurante se viravam para observá-la. As *mulheres* no restaurante se viravam para observá-la. Até os cientistas a olhavam. E todos viram quando ela se aproximou e deu um abraço... em mim. Sim, eu mesmo, o garoto todo curvado, com manchas de suor na camisa e pernas trêmulas. Eu podia imaginar os cientistas furiosamente desenvolvendo hipóteses para responder à pergunta: "O que *ela* está fazendo com *ele*?"

Eu podia sentir que me avaliavam.

– Ele parece sofrer de falta de pigmentação – observaria clinicamente o cientista mais velho.

– E de transpiração excessiva – acrescentaria ansiosamente o mais novo.

– Ele não parece muito fértil – imaginaria a única mulher.
– Eu não o escolheria como companheiro.

Mas os cientistas podiam ir para aquele lugar, porque Celine veio e me abraçou! Com a cabeça pressionada contra o meu peito, seus cabelos castanhos pareciam uma porção de fitas. Ela cheirava como se passasse desodorante em cada centímetro do corpo. Nossa. Uau.

– Que legal conhecer você! – Celine disse, afastando-se. – E que restaurante! Isso é... bem, uma surpresa.

– Gostou? – perguntei, puxando a cadeira para ela sentar.

– É realmente uma surpresa! – ela riu, dobrando o vestido cor-de-rosa sob as coxas bronzeadas. – Pensei que seria apenas um café.

– Pensei em jantarmos em vez disso.

– Ah!... Ótimo! – Sua voz era tão alta que eu não conseguia dizer se ela estava empolgada ou fingindo entusiasmo no volume mais alto possível.

Voltei para o meu lugar e ficamos sentados de frente um para o outro, como adversários em uma partida de xadrez.

Eu olhava para o guardanapo que estava colocando no colo, mas Celine me encarava sem o menor constrangimento.

Aquilo começou a me incomodar, já que eu não sou do tipo comum. Bem, não que eu seja *incomum*. Não sou nenhum Van Gogh ou coisa parecida. Mas meu cabelo preto é um pouco chamativo, porque meus olhos são azuis muito claros. Tipo, azul *bem* claro. Imagine um husky siberiano. E, como eu já disse, meu bronzeado não é dos melhores.

– Você é tão pálido – foi o que ela disse.

Fiquei surpreso por ela dizer isso assim, sem rodeios.

– Ah, é... – respondi sem jeito. – Então...

– Não pensei que você fosse tão pálido.

– Eu me descrevi como uma folha de papel... – comecei a dizer. Nós havíamos passado descrições físicas um ao outro pelo Facebook. Eu tinha sido honesto, mas me concentrei na altura, meu melhor atributo.

– Eu não sabia que era tanto.

– ... coberta com Liquid Paper – finalizei.

– Certo. Entendi – Celine tomou um gole d'água. – Este lugar é encantador!

Para uma moça encantadora, pensei. Nem pensar. Censurado. Não fale esse tipo de besteira, Finbar. Você sabe que essa garota é demais para você.

Definitivamente, aquela era uma situação do tipo *A Bela e a Fera*. Celine era uma morena francesa que gostava de ler, como a Bela. Eu podia imaginar todos aqueles padeiros saindo de suas lojas e cantando "Bonjour" para ela. É claro que eu não tinha tanto assim de Fera. Ele era supermachão e podia encher alguém de porrada. Além disso, tinha pelos de uma maneira anormal. Eu não tenho pelos nem de uma maneira *normal*, pelo que deu para notar em minhas rápidas e assustadoras espiadas no vestiário do St. Luke... Ok, eu tinha que parar de pensar em pelos. E em filmes da Disney. E em como Celine estava completamente fora do meu alcance.

Vira homem, Finbar! Chega mais! Fica esperto! *Get your, get your, get your, get your head in the game...* Não! Não cante músicas do *High School Musical* na sua cabeça! Esse é *outra* porcaria de filme da Disney! Será que o Zac Efron tem mais pelo no corpo do que eu?

– E então? – eu disse, interrompendo meu fluxo de insanidade. – Quais são os lugares legais para conhecer em Manhattan?

Conhecendo meus interesses, ou talvez com os seus em mente, Celine começou a falar sobre livrarias. Eu estava hipnotizado pelos movimentos daquela boca, imaginando-a colada na minha, e isso fez com eu não falasse quase nada. Por sorte, Celine gostava de falar, dando detalhes de cada livraria da ilha. Apenas quando o garçom nos interrompeu eu percebi que não conseguia ler o cardápio, todo escrito em francês.

Eu disse para Celine pedir primeiro, e ela fez ainda mais beicinho para fazer o pedido. Meu Deus, francês é uma língua tão sexy. Você tem que fazer cara de beijo para falar qualquer coisa! Celine pediu dois pratos diferentes. Soavam muito sensuais, mas depois descobri que eram lesmas e fígado inchado de pato.

Tinha alguma coisa escrita no meu idioma? Ou algo que eu pudesse comer? Eu estava todo atrapalhado.

– Hambúrguer! – declarei, triunfante. – Vou querer um hambúrguer.

Um leve aceno de cabeça do garçom e ele arrancou o cardápio de minhas mãos não europeias.

– Ham-burr-guérr – pronunciou Celine.

Ah. Hambúrguer. Em francês.

– Ham-borr-guirr – tentei.

Celine riu suavemente. Enquanto esperávamos a comida, começamos a conversar sobre os cafés de Manhattan.

– Eu simplesmente não entendo qual é a dos americanos com o café – ela disse. *Nunca tomei café na vida*, pensei, enquanto Celine comparava a expansão da rede Starbucks com um "genocídio empresarial". *Talvez eu devesse começar*. É claro que, para tomar café, eu teria de ser uma pessoa completamente diferente. Um cara com pelos não apenas no corpo, mas também no rosto. Um bigode. Talvez eu *devesse* ser uma pessoa completamente diferente. Se eu fosse sofisticado e ousado como Celine – se eu fosse sofisticado e ousado *com* a Celine –, eu não encanaria tanto com as coisas. Não ia ficar encanado por não ser bom nos esportes como o Luke. E não ia ligar para caras como o Johnny Frackas me chamando de veado. Se eu passasse os fins de semana tomando café em xícaras bem pequenas com uma garota francesa e ostentasse um bigode, ninguém ia poder me chamar de veado.

Peraí, talvez eles pudessem. Apaga isso. Se eu tivesse uma *namorada*, ninguém ia poder me chamar de veado. Então eu tinha de tomar uma atitude. Enquanto Celine comia seu *foie gras*, aproveitei para falar:

– Trouxe uma coisa para você.

Diante de seu caro e gorduroso fígado, ela pareceu surpresa. Tirei um pacote do bolso e coloquei na frente dela. Era um livro embrulhado numa fita, como um presente. Eu mesmo havia feito aquele laço.

– É *Entre quatro paredes* – falei. – Lembrei que você disse que era sua peça de teatro favorita.

Celine olhou para a capa como se aquilo fosse um objeto de outro planeta, algo que ela não sabia como tocar ou abrir.

– Mas hoje não é meu aniversário – ela disse.

– Não – respondi. – É só um presente.

– Por quê?

Celine inicialmente pareceu confusa, mas logo a confusão diminuiu até virar simpatia, quando meus olhos encontraram os dela. Ela não percebia por que eu estava me esforçando tanto. Decepção e constrangimento eram tudo que eu sentia. Durante o resto do jantar, Celine se esforçou para ser simpática, como se eu fosse um garotinho gago pedindo ajuda na rua. Ela sorria e concordava o tempo todo, e tinha até tocado minha mão algumas vezes. Mas não quis café depois do jantar, e o garçom entregou a conta para mim. Acho que ele sabia que era eu quem ia pagar, pois aquilo era um encontro, mesmo que fosse o pior do mundo. Ou talvez ele apenas não tenha achado espaço para pôr a conta entre os vários pratos de Celine, pratos que iam me custar... nossa! Meu pai ia se arrepender por ter me dado um cartão de crédito. Celine pegou sua bolsa e eu carreguei o livro para ela.

Na calçada, ela interrompeu de repente seu discurso exaltado contra as sandálias Croc e eu disse:

– Eu acompanho você até sua casa.

– Ah... – Celine tentou olhar para o relógio, mas ela não estava usando um. Então apontou vagamente em duas direções distintas. – Estou indo para outra parte da cidade, por isso vou pegar o metrô.

– Eu acompanho você até lá – falei timidamente.

Eu sabia que o restaurante e o presente tinham sido demais. Mas eu realmente queria ser um cavalheiro até o fim.

– Não precisa se incomodar! – ela disse, me cortando na hora. – É na direção oposta da sua casa.

Na verdade, eu não tinha ideia de onde era a estação do trem que eu iria pegar. Era a segunda vez que eu ia até Manhattan. Mas concordei com ela e hesitei. Era hora de se despedir. Bem ali, naquela calçada movimentada. A rua estava cheia de mesas de restaurantes, e estávamos sendo interrompidos pela conversa de outras pessoas e por quantidades letais de fumaça de cigarro. Caramba, as pessoas em Nova York fumam sem parar.

Celine se aproximou e ficou na ponta dos pés para me dar um beijo de tchau. Não me *beijar*, só me dar um beijo. Ela foi direto para a bochecha. Não havia nada de romântico ou sexual naquilo – até homens franceses heterossexuais se beijam assim. Para mim, aquele beijo soava como um prêmio de consolação.

O problema é que, ao mesmo tempo, eu me inclinei para abraçar Celine. Minha cabeça estava indo na direção do ombro direito dela. Seus lábios iam na direção da minha bochecha esquerda. Como resultado...

Nós nos beijamos na boca.

Ou, mais precisamente, colidimos.

O choque empurrou Celine com os pés de volta ao chão. Meus braços ficaram pendurados no vazio à minha frente, como se eu estivesse imitando um gorila.

– Ah, Finbar! – Celine murmurou suavemente e me deu uns tapinhas no braço. – Eu realmente acho que nós devíamos ser bons amigos.

– Na verdade foi um acidente... – comecei a explicar.

– Mas apenas amigos.

Um vendedor de *falafel* tinha observado nossa ceninha de novela e obviamente pensou que eu estava tentando seduzir Celine. Ele me olhava desconfiado e remexia as longas e pontudas varetas de seus *kebabs* crepitantes de um jeito sinistro.

– Só amigos – Celine repetiu mais uma vez.

Tá bom! Eu não precisava que ela traduzisse "só amigos" para o francês e para a língua de sinais. Então eu disse:

– A gente se vê por aí – e me afastei.

Eu estava indo na direção certa? Não tinha a menor ideia. Não conhecia a cidade de Nova York. Por isso resolvi pegar meu mapa no bolso.

Ops. Veio mais alguma coisa lá de dentro. *Entre quatro paredes*, de Jean-Paul Sartre, primeira edição em inglês. Merda.

Pensando nisso agora, eu devia ter jogado a porcaria do livro no lixo. Devia ter deixado para lá. Mas na hora eu não queria nenhuma lembrança daquele primeiro (e único) encontro desastrado.

Então eu voltei.

– Celine! – chamei da esquina. Ela já estava atravessando a rua movimentada entre dois táxis que buzinavam sem parar. E não tinha me escutado.

Uma multidão se arrastava daquele jeito bem nova-iorquino para fora da estação do metrô. Apertei o passo na direção de Celine. Vendo que minha corrida era mais lenta que a caminhada das outras pessoas, torci para que ninguém percebesse meu esforço desesperado para alcançá-la.

Chamei:

– Celine! Espera!

Mas já tinha perdido a garota de vista. Havia mais pessoas naquele trecho de calçada em Nova York, entre Celine e eu, do que em toda a cidade de Alexandria. Quando a multidão se dispersou, vi que ela estava um quarteirão e meio na minha frente. Para chegar perto, eu tinha de superar uma pista de obstáculos das mais bizarras. À direita, uma vendedora ambulante de uns cem anos de idade. À esquerda, um pomposo homem de negócios. Um ângulo acentuado para evitar um carrinho de bebê; um salto sobre um dachshund enfurecido com seu suéter de cachorro; e uma corrida para ultrapassar uma drag queen usando um sapato de salto tamanho 44.

Celine já havia atravessado a rua. Quando alcancei o meio-fio, estava quase sem fôlego (e, tá na cara, completamente fora de forma). Mas meu lado animal se manifestou. Subi num táxi amarelo e gritei "CELINE!", no melhor estilo Rocky Balboa.

Ela estava curtindo um passeio ao estilo francês pelo parque onde o sol se punha. Não havia nenhum cachorro ou transexual em seu caminho – provando mais uma vez como a vida é injusta. Celine não dava bola para o vento, que levantava seu vestido, numa cena que chamaria a atenção dos paparazzi. E também não me deu a menor bola quando chamei seu nome. Talvez tenha sido melhor assim. Se ela tivesse se virado, teria visto seu pálido e suado amante da Internet correndo em sua direção – e provavelmente teria morrido de medo.

Mas ela não se virou. Atravessei a rua, mas não consegui gritar seu nome outra vez. Enquanto olhava seu vestido, alguma coisa me fez tropeçar e eu caí no porão de um restaurante. Meu ombro foi batendo nos degraus de cimento, o que dói pra diabo, e bati a cabeça numa caixa de pimentas. Pensei que era melhor aterrissar de cabeça em pimentas do que me arrebentar no chão de concreto do porão, mas não eram nem mesmo pimentas vermelhas, que são todas duronas e até bem legais. Caí numa caixa de pimentões verdes. Pimentões bunda-mole. Bem apropriado.

Enquanto tentava sair dali, tonto por causa do cheiro, um caminhão estacionou na calçada em frente ao porão do restaurante. Dois homens desceram e começaram a descarregar engradados de madeira. Estavam trazendo encomendas de comida para baixo. Eles não teriam me visto se eu não tivesse derrubado a caixa e espalhado pimentões por todo lado, como num jogo de bocha.

– Ei! – um dos homens disse para o outro. – Tem um garoto aqui embaixo!

– Já estou indo embora – murmurei para os dois enquanto subia a escada.

– Tem certeza que você não é a carne branca que o restaurante encomendou, garoto? – perguntou o segundo homem. Os dois começaram a rir sem parar.

As pessoas costumam me ridicularizar com tanto entusiasmo que ele repetiu a piada. Por algum motivo, os dois acharam a segunda vez ainda mais engraçada que a primeira.

Eu nem tentei rir. Levantei, tão machucado quanto o pimentão esmagado entre a minha bunda e o último degrau de cimento. Ajeitei minha camisa social, pedi desculpas e fui embora. E o exemplar de *Entre quatro paredes*? Eu nunca mais queria ver aquela merda de novo na minha vida. Deixei o livro enterrado naquele monte de pimentões.

De mãos vazias, percorri de volta os dezoito quarteirões até o Terminal Central. Nem os longos quarteirões da cidade ao ar livre nem o perfume Burberry falsificado que comprei perto da estação conseguiam disfarçar o cheiro de pimentão. No trem das 8h43, um homem no meu vagão ficou farejando perto do meu banco e comentou com o amigo:

– Não sei por quê, mas de repente me deu uma vontade de comer pizza.

3

Eu havia sido rejeitado por uma francesa malvada e farejado como uma salsicha italiana por turistas famintos. Dava para ficar pior?

— Finn! É você?

Sim, dava. Minha mãe. Ela ia exigir uma reprise do pior encontro de todos os tempos desde que pegaram Adão e Eva trapaceando. Ela veio caminhando da sala de estar, onde tinha travado um combate com nosso novo filtro de ar, que comprara porque nossa casa em Pelham era mais antiga que a de Alexandria, o que a convenceu de que o lugar estava cheio de micro-organismos malignos.

— Finbar! — ela começou, flutuando em torno de mim como um beija-flor que tomou energético. — Como foi o encontro?

— Ah — comecei a responder, enquanto fechava a porta. — Foi bom.

— Celine gostou do jantar? Você está com um cheiro delicioso. Deve ter sido ótimo.

É, cheiro de humilhação, pensei. Enquanto tirava os sapatos, minha mãe me seguiu. Eu estava acostumado com isso. Mas dessa vez ela não sacou seu conjunto de vassoura e pá para varrer as moléculas de sujeira invisíveis, porém mortais.

– O jantar? – respondi. – Ah, ela pediu um monte de comida.

Minha mãe bateu palmas, entusiasmada.

– Isso quer dizer que ela gostou! E o livro?

– É... – tentei evitar a pergunta e escapar de uma vez por todas subindo a escada, que estava com o corrimão coberto de protetores de assento de vaso sanitário. Olha o que acontece quando eu deixo essa mulher sozinha numa sexta à noite.

Minha mãe me seguiu sem a menor cerimônia escada acima e até o quarto que eu dividia com o Luke. Tínhamos quartos separados desde a época que começamos a botar para quebrar ao som de músicas infantis, mas aqui em Pelham dormíamos no mesmo quarto. Luke quase nunca estava em casa, ocupado com os treinos de futebol americano e o monte de amigos que tinha feito em apenas cinco dias. Mas ele tinha deixado um rastro de suor e entusiasmo excessivo para me fazer companhia, além de um monte de grama, suficiente para transformar nosso quarto em um campo de futebol.

Depois que passamos a dividir o quarto, ficou muito mais difícil evitar o Luke do que na época em que eu podia inventar uma desculpa qualquer e recusar convites para orgias suecas com latas de cerveja amassadas (ou qualquer outro evento bizarro que ele tivesse planejado). Agora, quando minha mãe achava garrafas de cerveja irlandesa escondidas dentro de sapatos no armário, eu era chamado para o interrogatório ("Finbar, isso aqui é seu?" "Eu não bebo cerveja." "Luke, isso aqui é seu?" "Eu acho que veio junto com o sapato. Ele é de couro irlandês."). Eu estava presente quando ela colocou a garrafa vazia sobre a nossa cômoda e a encheu de flores, com um bilhete sobre os perigos do envenenamento por álcool. Eu também estava lá quando Luke olhou para a garrafa e disse: "Ei, acho que reconheço este vaso. Não veio da casa do vovô?" E quando ele cuspiu seu chiclete mastigado no bilhete sobre envenenamento por álcool. Mas onde estava o Luke quando *eu* precisava dele?

– Ela gostou do livro? – minha mãe cutucou.

Pensei por um segundo.

– Causou impacto – respondi, sem mentir.

– Maravilha! – Minha mãe se enrolou na colcha da minha cama e nem tentou arrancar as bolinhas do tecido. Ela adorava ouvir histórias de amor.

– Quando você vai vê-la novamente? – perguntou, ansiosa.

– Ainda não sei.

– Você não marcou outro encontro?

– Não – eu disse, tentando dar a impressão de que não me importava. – Acho que é melhor a gente ser amigos.

Quando me virei, minha mãe estava me encarando com um olhar de cachorro pidão.

– Ah, Finbar – ela disse. – Eu sinto muito...

Fiquei feliz quando meu pai interrompeu. Botando a cara na porta, ele disse:

– Ei, Finn! Você tem que ir lá embaixo conferir a nova TV. Essa tela de alta definição é demais. Dá para ver o suor no...

– Paul! – gritou minha mãe, ofendida.

– O quê?

Meu pai ficou um pouco assustado. Todos nós morríamos de medo da minha mãe.

– Você não perguntou ao Finbar sobre o encontro!

– Ah, desculpe – meu pai respondeu. – Finn, como foi o encontro?

– Paul! Não pergunte a ele sobre o encontro! – ela interrompeu. Em seguida avançou na direção do meu pai e falou baixinho, mas não o suficiente:

– As coisas não correram bem.

– Finbar – aconselhou meu pai com as mãos na cintura, bloqueando a entrada do quarto –, você nunca vai entender as mulheres.

– Não fale essas coisas para ele! – censurou minha mãe, atrás dele. – Você me entende.

– Não, não entendo – respondeu meu pai. – Acabei de deixar você puta da vida.

– Olha a boca, Paul.

– Enfim, eu não quis dizer que o *Finbar* nunca vai entender as mulheres – ele explicou. – Eu disse "você". Quis dizer "você" em geral, um "você" coletivo. "Você" como todos os homens...

– Já chega, Paul – minha mãe interrompeu.

– Então, Finn, vamos lá para baixo e...

– Sem essa de TV outra vez! – ela falou. – Ele não precisa daquele tipo de radiação...

E lá se foi minha mãe atrás do meu pai. Apesar de tudo, ela realmente me fez sentir um pouco melhor sobre Celine. Talvez eu não precisasse de outra maluca na minha vida.

Minha mãe tinha um plano a longo prazo para me consolar e reconstruir minha autoestima. Ela escondia bilhetes elogiosos no meu armário e embaixo do meu travesseiro. O primeiro, por exemplo, estava enfiado entre minhas cuecas e dizia: "Qualquer menina que ficasse com você seria uma sortuda". Outros bilhetes elogiavam meu físico e meu sex appeal, o que me deixou perturbado. Quem quer que tenha ensinado a palavra *tesudão* para minha mãe devia ser processado.

O plano a curto prazo dela era que no sábado todos nos reuniríamos para um dia na praia em família. Iríamos aproveitar o sol, nadar, restaurar meu senso de masculinidade e comer sanduíches de peru. O plano rapidamente furou. Luke caiu fora porque tinha jogo com o time de futebol de Fordham. Ele iria passar a manhã treinando, então sobraram Maud, Paul e eu.

A porta do meu quarto se abriu às nove horas. Me erguendo sobre o ombro direito dolorido, olhei ao redor. Luke já havia saído. Minha mãe surgiu como um carcereiro com um copo de suco de laranja na mão.

– Acorde! – ela me chamou. – É dia de praia!

Quando terminei o suco, minha mãe me jogou dentro do carro com um guarda-sol, um isopor cheio de Coca-Cola light e um tubo de protetor solar fator 50. No caminho, meus pais começaram a discutir sobre o brinquedinho novo do meu pai, o GPS do carro. Quando ouço os dois discutindo sobre coisas triviais, como postes telefônicos e a validade de um pacote de passas ("Elas sempre foram enrugadas, Maud!" "Não tão enrugadas, Paul. Essas aqui viraram múmias!"), esqueço que já foram apaixonados. Mas é verdade. Aliás, minha mãe jura que foi amor à primeira vista.

Imagine só: Chestnut Hill, Massachusetts, 1978. Minha mãe era uma nerd que tinha acabado de entrar na faculdade e assistia a um jogo de hóquei na Universidade de Boston através das lentes fundo de garrafa de seus óculos. Com suas duas colegas de quarto, ela não parava de dar risadinhas e de apontar para os jogadores bonitões. Era duro sentir alguma atração, minha mãe me contou, já que os caras usavam máscara, protetores, camisa e luvas – e elas ainda por cima estavam nas cadeiras mais distantes. Mas de alguma forma ela se apaixonou pelo meu pai, um aluno novato que jogava na ala esquerda do time de hóquei. Para falar a verdade, ela se apaixonou pela palavra FRAME formada por esparadrapos atrás da camisa dele.

– Eu não conseguia ver o rosto dele – minha mãe costumava lembrar, sonhadora. – Mas me apaixonei. Naquele instante. Mesmo com a máscara, as luvas e todo o resto. Para falar a verdade...

(Nessa hora ela sempre olhava em voltar para ver se meu pai não estava por perto.)

– Para falar a verdade, eu pensei que ele tinha uns dez quilos a mais de músculos. Era aquela armadura peitoral, sabe?

Assim, minha mãe se apaixonou pelo meu pai naquele primeiro jogo de hóquei para os calouros. E meu pai nem sabia que ela existia. Na tentativa de ser notada, ela se tornou repórter esportiva do jornal da faculdade. Pensou que os dois começariam a conversar, com perguntas e respostas inteligentes entre repórter e entrevistado, e que aquilo poderia se transformar em amor. Até hoje ela tem cópias dos jornais da faculdade daquela época. Ela entrevistou meu pai para sete artigos diferentes no primeiro ano. E toda vez ele se apresentava para ela, pois não lembrava que já se conheciam.

No segundo ano, minha mãe resolveu se esforçar mais. Ela se juntou à equipe de hóquei. Pesando quarenta e cinco quilos, ela arrastava as enormes mochilas de equipamentos, cheias de patins e protetores, de Boston para Michigan, de Quebec para Toronto. Ela viajava com meu pai. Limpava o armário dele. Sentava numa cadeira especial, bem perto do rinque, para assistir às partidas. Houve até um incidente íntimo envolvendo Gelol, cujas circunstâncias eu nunca conheci por completo. Meu pai era educado, sempre agradecia minha mãe pelas toalhas e pelas garrafas de Gatorade que ela fornecia – mas nunca a chamava pelo nome.

No anuário do segundo ano da minha mãe, uma de suas amigas escreveu: "Missão para o ano que vem: CONHECER O PAUL ALTO". As palavras "Paul alto" foram escritas em letras finas e altas, como meu pai. Essa história de luxúria materna me deixa meio perturbado, mas também explica minha tendência a me apaixonar a distância.

Mas minha mãe quase desistiu de sua presa – quer dizer, de seu amor. No penúltimo ano da faculdade, ela trocou a seção de esportes do jornal pela de artigos. Também desistiu do cargo no time de hóquei e nem assistia mais às partidas. Quer dizer, até que os Eagles se classificaram para as finais. Então minha mãe foi ver uma partida, o primeiro jogo daquela fase. Ela se sentou na terceira fila, à esquerda da proteção de vidro. E meu pai conseguiu acertar o disco bem na cara dela.

Tiveram de parar o jogo por causa do tumulto. Todo mundo que estava sentado perto da minha mãe se levantou e ficou em volta dela. Meu pai escalou a mureta, subiu pela arquibancada e passou pelas pessoas, com suas gigantescas e desajeitadas luvas de hóquei. Ele subiu pelos degraus emborrachados sem tirar os patins, deixando um rastro de gelo derretido.

– Todo mundo se afastou e eu a vi, chorando e com sangue jorrando do nariz – meu pai costuma dizer. Esse é o jeito que ele conta a história. – E eu me apaixonei ali mesmo. Me apaixonei por ela. E eu nunca tinha visto aquela garota em toda a minha vida!

A praia de Glen Island ficava a dez minutos de casa, no Estuário de Long Island, uma enseada do oceano Atlântico. Não tinha grandes ondas nem nada, mas era um lugar bonito, com boias, barcos e todas essas coisas. Depois de arrastar a cadeira de praia ergonômica do meu pai por quarenta e cinco metros pela areia, eu estava começando a suar e louco por um mergulho. Também queria entrar e sair da água antes que chegassem pessoas da minha idade. Minha pele ficava quase transparente quando eu me molhava. Preferia usar uma camiseta branca a ir só de bermuda, embora eu ficasse quase igual nos dois casos.

– Finbar, não esqueça do filtro solar – disse minha mãe.

– Está com meu pai.

Meu pai é tão pálido quanto eu, mas, devido à idade avançada, está um pouco mais próximo do câncer de pele. Por isso deixei que ele atacasse o protetor antes. Sentei na cadeira ergonômica (nossa, era confortável – não que valesse o esforço de arrastar aquilo pela areia, mas...) e dei uma olhada para o Estuário de Long Island, com pensamentos profundos sobre a água, o renascimento e perder a virgindade. Ou melhor, sobre não perder a virgindade. Eu não estava nem a cem quilômetros de perder a virgindade. Não estava nem na mesma revolução planetária de... ok, você já sacou.

De repente, tive uma visão. Eu, todo molhado, com uma roupa grudada na pele. Soa assustador, eu sei. Mas eu estava me imaginando como surfista. Um surfista! Eu poderia ser um surfista! Eu gostava de praia. E não me importava com o esforço físico. Eram só esportes coletivos que eu detestava. São tão agressivos, e eu não sou desse tipo. Nem mesmo na mesa de jantar. Sou sempre eu que fico com o último pedaço de frango.

Duas meninas da minha idade apareceram na praia e confirmaram na mesma hora meu amor pelo estilo de vida do surfe. Elas não tinham nenhuma cadeira ergonômica e andavam descalças pela areia. Seus biquínis eram tão pequenos quanto seus óculos de sol eram grandes. Ou seja, alucinadamente pequenos. Aquilo era inacreditável para mim. Era inacreditável que pudessem andar por aí daquele jeito. A bunda exposta. As coxas bronzeadas. Os seios arredondados. Sim, eu definitivamente gostava de surfe – ou pelo menos do uniforme. Eu poderia olhar meninas como aquelas o dia todo. Eu poderia ser um rato de praia. Eu poderia ser um pegador. Eu poderia ser...

– Vermelho como um sinal de trânsito, Finbar! – meu pai observou, com o nariz coberto de pasta branca. Minha mãe se aproximou, usando um chapéu do tamanho de um estádio de futebol. Como você pode notar, meus pais quase não dão vexame.

– Ah, não! – ela gritou, enquanto cobria os olhos com as mãos. – Finbar, eu não consigo nem olhar para você!

Em pânico, olhei para o meu ombro. Eu tinha ficado com um hematoma enorme no formato de um arco-íris nojento por causa do acidente com os pimentões. Mas como eu estava de camiseta, não era aquela marca que estava deixando minha mãe pirada.

– Como ele se queimou tão rápido? – meu pai perguntou. – Nós só estamos aqui há vinte minutos.

– Eu não consigo olhar! – minha mãe gritou. Em seguida, espiou por entre os dedos e gemeu.

– Não olhe para o rosto dele se isso te deixa descontrolada – observou meu pai.

De quem eles estavam falando, do Fantasma da Ópera?

– O que está acontecendo? – perguntei. – Meu rosto está meio coçando.

– E seus braços – completou meu pai.

– Eles não estão coçando – retruquei.

– Mas vão coçar – ele disse, em tom de ameaça.

Olhei para baixo. Bolotas vermelhas pipocavam em meus antebraços. Eu parecia uma pizza de calabresa, só que não tão gostosa. Na verdade, nem um pouco gostosa. Eu estava nojento. Havia umas manchas vermelhas grandes, com um dedo de diâmetro, e algumas estavam salientes. E meu pai tinha razão: elas começaram a coçar.

– Talvez ele tenha sido mordido por algum bicho – minha mãe disse. – Talvez ele tenha sido picado por algum inseto de Nova York.

– Um o quê? – perguntou meu pai, completamente perdido.

– Ele precisa ir ao médico – respondeu minha mãe, olhando de propósito para o meu pai e evitando minha aparência de aberração. – Vamos lá, Paul, você junta as coisas e eu vou pegar o Finn e...

Ela tinha criado coragem para me ver, então tirou as mãos da frente dos olhos.

– AHHHH! – gritou, acabando com meus tímpanos. Até meus braços doeram. E meu rosto. E minhas pernas, logo abaixo dos joelhos. Eu estava destruído, vermelho, ardido e cheio de coceira.

– Mãe, se você quiser que eu vá ao médico, eu vou sozinho – eu disse. – Não tenho 12 anos.

– Pode ir de carro, Finn – meu pai falou.

– Ele não pode dirigir desse jeito! – minha mãe reclamou.

Aquilo não fazia o menor sentido.

– Vou pegar o trem – informei.

– Você ao menos sabe onde fica o consultório médico? – perguntou minha mãe.

– É claro que sei! – respondi, irritado. – É o lugar para onde você me arrastou para tomar oito vacinas e arranjar uma máscara contra gripe suína!

Tentei dar o fora dali, mas é bem difícil sair correndo de chinelo de dedo.

O veredicto do médico foi o seguinte:

– Você é alérgico ao sol.

O quê? Como isso é possível? O sol é uma coisa natural. Uma coisa *boa* para as pessoas. Isso é como ser alérgico à água ou ao ar. Ou a alguma coisa muito importante, como bolacha recheada. Passei ao todo vinte minutos na praia esse verão e virei um monstro?

– Urticária solar – ele continuou. – É assim que se chama. O sol faz com que apareçam erupções na sua pele.

Eu definitivamente não ia mais ser surfista. E acho que também não ia mais para a escola. Ou para a igreja. Oba, eu ia ficar livre da igreja! Até que enfim uma notícia boa! Mas ficar trancado no quarto como se fosse o Corcunda de Notre Dame? Essa notícia não era tão boa.

– O sol já tinha causado isso em você antes? – perguntou o médico.

Claro que não. Eu não sou exatamente um aventureiro, mas sobrevivi a tardes de verão ao ar livre desde criança até hoje. Para cada duas horas que passava vidrado na bibliotecária da seção infantil, eu ficava uma hora na piscina pública de Alexandria, cultivando meu bronzeado de estivador.

– Então vamos atribuir isso à mudança de ambiente – o médico falou. – Espero que seja temporário. Evite exposição ao sol por mais de meia hora nos próximos meses, está certo?

Meia hora?

– Enquanto isso, vou lhe receitar um anti-histamínico – ele continuou. – E pedir para as enfermeiras colocarem ataduras em você. É preciso proteger essa pele!

Depois, parecendo um fugitivo de uma colônia de leprosos, peguei o trem até o Bronx para encontrar meus pais no jogo de futebol do Luke. O médico tinha me dado um remédio que baixou a temperatura da minha pele e eu não sentia mais coceira. Mas, embora eu não estivesse mais tão vermelho (mais para pêssego do que para tomate), os enfermeiros tinham me dado aqueles óculos escuros gigantescos, considerados estilosos talvez em asilos.

As enfermeiras também tinham enfaixado meus braços, dos pulsos até as mangas da camiseta, fazendo com que eu parecesse, do pescoço para baixo, o Homem Invisível. Mas eu estava bem visível, mesmo largado num banco perto do banheiro do trem. Uns pirralhos ficavam apontando para mim. Donas de casa me olhavam de um jeito triste e solidário, mas afastavam os filhos de mim, morrendo de medo que fosse contagioso. Um homem de terno pensou que eu fosse cego e atirou uns trocados no meu colo. Depois desse incidente, resolvi tirar os óculos escuros.

Bom, pelo menos ninguém sentou do meu lado. Até a estação de Mount Vernon East, quando uma loira mais ou menos da minha idade entrou no trem. Detesto loiras, detesto mesmo. Não que eu pense que elas são boas demais para mim – *elas* é que pensam. Todas as loiras que conheci me cortaram na hora, das loiras da *Playboy* até as descoladas de cabelo curto e óculos. As loiras sempre acham que você está a fim delas.

E eu não estava a fim daquela loira. Não queria olhar para ela. Não a queria nem perto de mim. Mas ela veio direto pelo corredor, passou três assentos vazios e resolveu se sentar bem do meu lado. Ficou me olhando mais um pouco, o que me deu uma sensação estranha. Eu não sou o tipo de cara que as garotas cobiçam como se fosse um sapato caro.

A princípio, a loira não disse nada. Estava com a cara enterrada num livro enorme enquanto o trem seguia em direção a Fordham. Mas de vez em quando olhava para as ataduras que cobriam meus braços de cima a baixo, as manchas avermelhadas em minhas mãos e o reflexo oleoso da pomada em minha pele. Em seguida, me perguntou:

– O que aconteceu com seus braços?

Vá cuidar da sua própria vida.

– Muito sol – resmunguei. Quando alguém me enche o saco, eu viro mesmo um troglodita.

– Ah, tá! – ela respondeu. A garota estava feliz da vida, apesar das minhas ataduras e erupções. Aparentemente, ela sentia prazer com a desgraça alheia.

Então perguntou:

–Você já leu este livro?

Olhei para o lado. Ela me mostrou a capa. Havia uma masmorra de pedra assustadora, além de morcegos e um homem de capa, com garras e caninos afiados. O título era *Terror noturno.*

– *Terror noturno?* – respondi alto. – Não, não li.

E não estou a fim de papo, tive vontade de dizer também. *Nem mesmo sobre livros.*

– Ah, é incrível! – ela falou, animada. Em seguida começou a me contar a história toda... de todas as trezentas páginas. Começou contando sobre os ancestrais dos personagens principais e tudo que tinha acontecido com eles, depois sobre a segunda geração e tudo que tinha acontecido com eles também, com seus primos, com o cachorro do vizinho do irmão da cabeleireira... e continuou sem parar. Posso contar o que aconteceu com toda aquela gente (e com seus animais de estimação) em seis palavras: todos eles acabaram mortos por vampiros.

– E então, a tataraneta acha que pode transformar o vampiro – a garota continuou. Ela gesticulava tanto que fiquei com medo de levar um soco no meio da cara.

– Aí ela aparece no castelo à noite. E, tipo, rola uma *química* entre os dois. Como uma faísca, sabe? Então eles ficam cada vez mais perto um do outro e se *beijam*. Os dois estão se beijando e ela acha que ele tem todas as emoções de um ser humano. Mas ele avança no pescoço dela... e dá uma MORDIDA! Ele suga todo o sangue do corpo dela...

– Hum... – interrompi, de mau humor. – Parece interessante. É melhor você não me contar mais nada. Senão vai estragar a surpresa do final.

– É verdade! – a loira disse, animada. – *Você* tem mesmo que ler. Acho que *você* vai adorar este livro.

Emiti um som qualquer para me livrar dela e me virei para olhar pela janela.

Ela só me deu um minuto de sossego. Logo depois, chegou bem pertinho e sussurrou no meu ouvido:

– Eu sei o que você é.

Virei a cabeça e quase acertei o rosto dela.

– O quê?

– Eu sei o que você é – a loira repetiu. Para ter certeza de que eu tinha entendido, ela apontou para os meus braços enfaixados. O quê? Ela sabia que eu era alérgico ao sol?

Então ela apontou para o meu rosto, que não estava coberto de urticária. E para os meus olhos sinistros de husky siberiano. Ela sabia o que eu era? Sabia que eu era o perdedor na loteria genética? Um futuro portador de câncer de pele?

– Um *vampiro* – ela sussurrou.

Ai, meu Deus. As loiras não apenas me odeiam, elas também são *malucas*.

Ela apontou para a capa do livro. Lá estava o vampiro, um velho branco, com unhas podres assustadoras e a cara tão enrugada quanto uma uva-passa vencida. Ele usava uma capa totalmente metrossexual. Tinha deixado o cadáver de uma mulher no canto do seu apavorante calabouço. E estava curtindo com alguns morcegos rosados que provavelmente eram seus únicos amigos.

Como aquela garota ousava me dizer aquilo? Eu não sou velho! Eu não sou assustador! Eu não sou um assassino! E mais importante: eu nunca usaria uma capa. Uns meninos que enfrentei numa competição de conhecimentos gerais do colégio usavam capas em vez do uniforme, e eram uns esquisitões completos. Além disso, eu não me sentava em um calabouço frio e ficava chupando sangue e conversando com morcegos, conspirando para atrair mulheres até lá. Eu tenho um irmão, uma família e uma vida! Ok, ainda preciso conspirar para atrair mulheres. Mas eu não bebo o sangue delas!

De repente, a frustração de uma semana de insultos acumulados me atingiu em cheio. Odiei aquela loira que eu não conhecia, com todas as minhas forças. Odiei aquele cabelo loiro e aquele livro de terror idiota. Odiei as conclusões que ela tirava das outras pessoas com base nas raras condições médicas e na pele pálida que apresentavam. Odiei os sapatos idiotas e as roupas idiotas dela. Odiei aquele colar imbecil que dizia "melhores amigas" e tinha formato de metade de um coração. Odiei quem tinha a outra metade, porque era uma idiota por ser amiga daquela garota.

– Sabe de uma coisa? – eu disse violentamente, levantando com raiva (para em seguida cair no banco à minha frente porque o trem sacudiu; mas minha raiva continuou intacta). – Se eu sou tão medonho, tão *assustador*, se sou um *vampiro* – disse bem alto –, por que você sentou do meu lado?

– Não – interrompeu a garota. – Você não entendeu...

– Claro que entendi – eu disse. Me espremi para passar por ela, ficando preso como um idiota em seus joelhos, mas continuei forçando passagem até chegar ao corredor do trem.

– Eu entendi que você é uma imbecil – falei. – E que você deveria ter sentado do lado daquele cara que parece um mendigo.

O cara que parecia um mendigo do outro lado do corredor levantou os olhos e me encarou.

– Ou daquele cara que fica olhando de um jeito esquisito para os peitos daquela garota – continuei.

Esse cara, sentado no terceiro banco do vagão, baixou o olhar na mesma hora em direção ao jornal, que estava de ponta-cabeça. E a garota, do outro lado do corredor, abotoou a jaqueta.

– Mas você não fez isso! – eu disse para a loira. – Você sentou do meu lado.

– Você não entendeu – ela insistiu. – Eu *adoro* vampi...

– Vou sair fora – falei. – Minha estação é a próxima.

Fiquei ali me segurando, tentando não olhar de novo para a loira. Ou para o cara que acusei de estar secando os peitos da menina. Ou para o homem de negócios que estava indignado por eu não ser cego – nem pensar que eu ia devolver a grana. E então percebi que sair correndo do trem estava se tornando algo meio anticlimático, porque ainda rolariam uns três minutos de silêncio angustiante antes que o trem finalmente parasse e as portas se abrissem em Fordham.

1

Eu acho que o meu irmão é um super-herói. Ele é capaz de correr como um leopardo. Consegue completar os cem metros em pouco mais de dez segundos. Consegue apanhar alguma coisa, lançar outra e matar uma mosca em pleno voo, tudo ao mesmo tempo. Ele faz passes sem olhar para os alas na quadra de basquete. Na verdade, ele consegue passar a bola para *si mesmo* na quadra de basquete. Tem os reflexos de um personagem de quadrinho da Marvel e a velocidade de um deus grego hermafrodita.

Nosso médico acha que o Luke é hiperativo. Ele não consegue ler mais de um capítulo de um livro por vez. Não é capaz de realizar testes padronizados. Ele saiu no meio de uma prova importantíssima no ano passado e foi ao cinema ver um filme de ação. E depois abandonou o filme. Luke não consegue jantar sem ficar se levantando e se mexendo em volta da mesa. Ele não vai muito bem na escola e irrita as pessoas.

Quando éramos pequenos, três professores do jardim de infância, um guarda de zoológico e um guia do museu da Maior Bola de Tinta do Mundo pediram demissão – e isso não foi coincidência. (Minha mãe ficou triste quando o guarda do zoológico foi embora. Ele ia dar a ela algumas dicas sobre como criar filhotes de babuíno, que ela poderia tentar aplicar em casa.)

Na oitava série, cada vez mais preocupados com as notas baixas do Luke, meus pais começaram a dar a ele um remédio para distúrbio de déficit de atenção. Depois de três meses usando o remédio, Luke desabou no meio da quadra durante um jogo de basquete da Associação Cristã de Moços. Eu nunca tinha visto tantas pessoas pegarem tantos terços tão rápido.

Uma ambulância o levou às pressas ao hospital. O medicamento tinha acelerado seus batimentos cardíacos, e o sangue estava correndo tão rápido que ele ficou tonto e desmaiou.

Minha mãe era neurótica em relação à nossa saúde desde a nona semana de vida intrauterina, quando batia na própria barriga e gritava: "Vocês estão mortos aí dentro?" Então você pode imaginar como ela ficou assustada com o Luke e a ambulância. Ela nunca mais o deixou tomar aquele remédio. Na verdade, ela nunca mais deixou que ele tomasse nem a vitamina dos Flintstones.

Então, como ela reagiu quando o componente mais fraco de sua prole apareceu no portão da Escola Preparatória Fordham enrolado em curativos?

– Você está com uma aparência horrível! – ela choramingou.

– Oi para você também – respondi.

– O que há de errado com você? – meu pai perguntou, ansioso.

Eu sou um virgem pálido e assustador? Não, não era isso que ele estava perguntando.

– É uma reação alérgica – tranquilizei os dois. – É temporário.

Fiquei superanimado quando vi que uma menina bonita estava recolhendo os ingressos do jogo no portão da Fordham, já que eu estava vestindo meu melhor traje: bermuda de praia, uma camiseta que deixava meus mamilos à mostra e um quilômetro de ataduras.

– Vamos lá, Rams! – disse a menina dos ingressos, fazendo um admirável esforço para se concentrar no espírito esportivo e não nos meus braços.

Ela era morena. As morenas são minhas favoritas. Minha falta de sorte era patética. Além de parecer uma aberração, quando me sentei na arquibancada vi que era um dos poucos garotos com os pais e não com amigos. Fiquei espremido entre o meu pai, que estava usando um boné da Fordham (meu pai não usa boné por ser uma estrela do rap; ele consegue usar da maneira mais ridícula possível), e minha mãe, que ficava esbarrando no meu rosto toda vez que apontava para o Luke no campo.

– Olha, ele está bebendo água! – ela dizia. – Olha, ele amarrou o cadarço! Olha, ele cuspiu! Ah, Luke – minha mãe balançou a cabeça, censurando o filho a uma distância de quinze fileiras –, isso não é nada educado.

Eu e meus pais olhávamos Luke sob a luz dos holofotes, no meio de outros caras de enchimento branco. Ele se divertia pulando de um pé para o outro. Outros jogadores faziam várias coisas homoeróticas que deveriam ficar restritas ao vestiário: davam tapas na bunda uns dos outros, riam enquanto davam seus apertos de mão secretos etc. Um deles se inclinou para dar uma palmada no traseiro do Luke, o que encheu minha mãe de orgulho.

– Olha! – ela disse alegremente. – Ele já fez amigos!

Enquanto o locutor apresentava o outro time, o Holy Cross, parei de prestar atenção no campo e comecei a olhar as arquibancadas. Como podia ter tanta mulher ali? Fordham era uma escola só para meninos, mas havia garotas por toda parte. Havia garotas em grupos que se inclinavam para trocar confidências sob olhos arregalados. Havia meninas em turmas com meninos, rindo na direção do garoto certo, falando mais alto que as outras, em busca de atenção. Havia meninas que realmente gostavam de futebol, que desciam da arquibancada para afundar os chinelos na lama ao lado da cerca e ficar mais perto da ação. Aquelas garotas estavam ali para ver caras como o meu irmão.

E Luke era algo que valia a pena ver. Fordham tinha optado por um jogo veloz aquela noite. Acho que eles queriam mostrar o novo *running back* de Indiana. Afinal, o mundo inteiro gira em torno do Luke. Quando ele foi apresentado na escola nova, houve assobios e gritos, como se o elenco do *High School Musical* estivesse fazendo uma excursão pelo shopping.

E o Luke era ótimo mesmo, escapando dos defensores, fazendo dribles afiados e arrancando a grama do campo com suas chuteiras, encontrado um espaço livre e se jogando nele pouco antes de ser marcado, fazendo com que uma pilha de uniformes verdes desmoronasse tentando pegá-lo. Eu já tinha visto tudo isso antes – Luke se esquivando, correndo, zunindo e deslizando entre os adversários. Ele usava essas mesmas táticas quando criança para escapar da minha mãe em shoppings e aeroportos lotados. Você pode pensar que a minha mãe tinha se tornado a Supernanny, o tempo todo tentando controlar o filho, mas na verdade ela quase sempre desistia. Em seguida, mandava que eu fosse atrás dele. Geralmente eu descobria uma rota mais esperta, seguindo rente à parede e evitando as pessoas e os obstáculos que eu sabia que não poderia vencer. Eu alcançava o Luke utilizando somente a velocidade, não a habilidade. Essa falta de coordenação explica como eu acabei com a cabeça numa caixa de pimentões – e por que apenas um de nós se tornou jogador de futebol americano.

No primeiro tempo, Luke marcou três *touchdowns*. Mas o outro time, o Holy Cross, também era muito bom, e estava apenas um *touchdown* atrás. A defesa deles melhorou no segundo tempo: dois marcadores foram posicionados em cima do Luke na maioria das jogadas – uma dupla de patetas formada por um baixinho e um altão, como o Crabbe e o Goyle dos filmes do Harry Potter. Mas, na última jogada, Luke deu uma arrancada impressionante. Ele correu como um cavalo e venceu com a velocidade de um puro-sangue. Em seguida fez uma dancinha para comemorar que me fez ter vergonha de ser seu irmão.

Após a dança da vitória, o pessoal do time do Luke se juntou em volta dele e arrancou seu capacete. Depois o fizeram sumir num turbilhão de afeto masculino. De alguma forma, quando desci as arquibancadas para parabenizá-lo, aquele monte de caras desleixados tinha sido substituído por uma multidão de meninas. Nossa! De onde elas surgiram? Ele estava naquela escola fazia somente quatro dias! Além disso, a escola não tem menina nenhuma! Mas ali estavam elas, com suas saias xadrez de vários tons e casacos que exibiam a lista inteira de escolas femininas da região: Ursuline, Holy Child, Sacred Heart. Meu irmão funciona como um ímã para meninas de escolas católicas.

E elas encontravam qualquer desculpa para pegar no Luke, mesmo ele estando tão suado que parecia ter sobrevivido a um tsunami. As sortudas que tinham chegado cedo apalpavam a melhor parte do território: os bíceps do Luke. Outras apelavam para desculpas mais esfarrapadas: uma menina de unhas feitas desenhou um 5 na frente da camisa dele, enquanto outra apareceu para arrumar seus cabelos molhados de suor. Teve até uma garota que se abaixou para amarrar os tênis dele.

Luke acenou para mim de dentro de seu círculo de meninas.

– Brou! – ele disse. – Valeu por ter vindo!

– Você acabou com eles, cara – falei.

– E diziam que o Holy Cross era bom! – ele riu. – Foi moleza.

As meninas começaram a fazer perguntas para o Luke, principalmente sobre suas proezas físicas e quanto ele malhava. Era como uma coletiva de imprensa cheia de jornalistas a fim de paquerar. "Quanto você consegue levantar no supino? Será que consegue me levantar? Me levanta?"

Uma morena – muito mais o meu tipo que o do Luke – me olhou de cima a baixo e perguntou:

– Você é repórter do jornal da escola ou algo assim?

Balancei a cabeça.

– Sou irmão do Luke – respondi.

– Ah, o irmão mais novo? – ela abriu um sorriso. – Ahhhh...

Ela me examinava como alguém que tinha o potencial de ser bonito um dia.

– É... não – corrigi. – Nós somos... gêmeos.

Seus olhos percorreram as ataduras em volta dos meus braços magrelos, meu peito afundado, a pele arrepiada das pernas saindo da bermuda de praia que eu ainda vestia e chegaram ao meu rosto e aos olhos totalmente pálidos.

Então aquela morena disse uma coisa óbvia, verdadeira e terrível:

– Vocês dois não são nada parecidos.

Eu não saí de casa durante três dias após o jogo, o que deixou minha mãe preocupada, pensando que eu fosse antissocial. Ela já suspeitava que eu fosse antissocial desde o ano passado, quando não chorei no filme *Diário de uma paixão*. Depois que ela me encorajou, consegui derramar uma lágrima. Só não contei a ela que a lágrima era pelo fato de estar em casa numa sexta à noite, assistindo a uma adaptação do Nicholas Sparks com a minha mãe.

Nos últimos dias de agosto, usei o conselho do médico como desculpa e disse que estava muito sol para mim fora de casa. Isso foi conveniente também para me livrar de cortar a grama do jardim. E também foi meu álibi para não ter de ficar olhando nossa vizinha de 17 anos, de uma família italiana que alugava uma casa ali durante o verão, e que Luke disse que tomava sol com os peitos de fora. Eu estava tão amargurado por minhas experiências recentes que não queria ver outra adolescente na vida. Não queria nem ver os *peitos* de outra adolescente. Mas no início de setembro, quando o tempo começou a ficar chuvoso e nublado, eu não tinha mais desculpas (nem a menina de topless, que fechou a blusa e entrou, para desgosto do Luke). Para deixar minha mãe tranquila, decidi visitar alguns museus em Manhattan. Estava ansioso para me perder entre múmias, dinossauros e outras espécies que já estavam longe da adolescência.

Para meu azar, sentei no trem bem de frente para três garotas. Será que as meninas de Nova York nunca vão à escola? Bom, as minhas aulas também não haviam começado. Eu podia ficar olhando pela janela. Ah, espera aí. Eu não estava sentado na janela. Fazer o quê? Se eu tinha de olhar para frente, prestaria atenção nos livros que as meninas estavam lendo – e não nos três pares de pernas cruzadas abaixo deles.

A capa do primeiro livro tinha o típico cara fortão e romântico. Ele tinha cabelos loiros mais longos que os da mulher e uma camisa de pirata rasgada para revelar os peitorais, que também eram maiores que os dela. Era um cara que sabia falar cinco línguas e ganharia prêmios pelas manobras sexuais que fazia. Era um sedutor.

Eu jamais seria um cara daqueles.

Na capa do segundo romance, o cara estava balançando um machado perigosamente perto do rosto da mulher. Ela ainda sorria. O sujeito era do tipo arrumadinho, de camisa de flanela e bíceps avantajados. Ele sabia lidar com canoas e enfrentar ursos, além de fisgar peixes e grelhá-los para o jantar. Era como aquele cara do Discovery Channel que arranca as tripas de um búfalo e dorme dentro da carcaça.

A capa do terceiro livro era diferente. Primeiro, o título era *Sede de sangue*, o que não parece muito romântico. As letras eram enormes e vermelhas, pingando sangue. Nessa capa, a moça estava em destaque. Embora usasse um vestido branco de renda e fizesse cara de inocente, como a que se vê em crianças em comerciais de suco, ela ostentava um decote bem generoso. O Grand Canyon dos decotes. Admito que me inclinei para examinar aquilo com mais atenção (ei, é literatura!), mas foi então que o *cara* na capa me chamou atenção. Não, não do jeito que você está pensando. Para falar a verdade, ele não era nem um pouco sexy.

O cara da capa de *Sede de sangue* espreitava a garota a distância, atrás dela. Ele tinha má postura. Seus braços estavam cruzados. Ele era sombrio. Sua pele tinha cor de papel. E seus olhos... eram como os meus! Eram fantasmagóricos, azulados como uma bola de cristal. Por que a garota do decote estava com ele? Qual era o segredo daquele cara?

A menina do livro do machado olhou para a menina do *Sede de sangue*. Sorriu e disse:

– Eu amo esse livro.

A menina do livro do pirata sexy foi conferir do que as outras duas estavam falando.

– Ah, eu também! – ela concordou. – Esse cara é muito sexy!

Todas elas gemeram ao mesmo tempo. Gemidos sensuais e desesperados. Em algum lugar, o cara que faz o som dos filmes pornôs estava querendo morrer pelo que tinha perdido ali.

– Ele é TÃO sexy! – enfatizou a menina do *Sede de sangue*.

Mas por quê?, pensei. Eu estava louco para perguntar em voz alta. Se o cara de que elas estavam falando era o cara da capa, o que ele tinha de sexy? Ele era magro! E pálido!

– Ele é tão melancólico – disse a primeira menina.

Espera aí, *eu* era melancólico! Na verdade, eu estava melancólico naquele exato momento!

– Ele é tão inteligente – declarou a segunda.

Eu sou inteligente! Eu sou inteligente! Posso mostrar meu boletim para provar.

– Ele é tão atencioso – acrescentou a terceira.

Atencioso? Ninguém é mais atencioso do que eu! Você vai ver! Eu vou perseguir você na rua com a primeira edição do seu livro favorito!

O que estava acontecendo ali? Ou ser melancólico, inteligente, magro e pálido tinha de repente se tornado sexy – e meu carma estava me recompensando por aquela vez em que o padre sugeriu que eu fizesse bronzeamento artificial para que não sumisse no manto de coroinha –, ou eu tinha acabado de encontrar meu fã-clube. Eu já tinha sonhado várias vezes com esse dia. Chamaria minhas fãs de "Fanbars".

– Pois é – a primeira menina disse. – Sou *apaixonada* por vampiros.

Peraí, o que foi aquilo? Dá licença? Perdão? Eu tinha ouvido certo, junto com o anúncio do condutor de que "o trem lotado não é justificativa para toques impróprios"? Aquela menina disse que... *é apaixonada por vampiros*?

– Comecei com *Sede de sangue* – a segunda menina falou. – Depois li todos os livros da saga Crepúsculo. E quando terminei todos, li *tudo* sobre vampiros. Eu fiquei obcecada!

Era isso! Tudo fazia sentido agora! As garotas *adoravam* vampiros! Como eu pude esquecer a mania Crepúsculo? Robert Pattinson e sua cara pálida em todos os lugares? Recebendo o prêmio de Mais Gostoso, ou de Melhor Beijo, ou qualquer outra coisa que a Nickelodeon e a MTV pudessem inventar?

Então, isso significava que a loira do trem não tinha me xingado quando me chamou de vampiro. Ela não tinha pensado que eu era um assassino chupador de sangue. Tinha pensado que eu era um assassino chupador de sangue *com sex appeal*.

E ela não tinha sentado do meu lado porque era sem noção. Ela não era louca. Ela estava atraída por mim! Ok, alguns podem dizer que dá na mesma...

Uma onda de otimismo e sensação de poder tomou conta de mim, o que é bastante incomum quando se tem um metro e oitenta e cinco de altura e apenas sessenta quilos. Talvez eu não pudesse bancar o lenhador sexy ou o amante latino de camisa rasgada. Para falar a verdade, eu não sabia nem abrir um sutiã. Mas, quando o negócio era ser pálido e ter cara de morto, quando o assunto era ser fora de moda e um pouco estranho, eu podia seguir essa tendência como ninguém.

Eu me transformaria num vampiro.

Quando uma tempestade desabou sobre a linha do trem, parecia o momento perfeito para o meu batismo. O calor do início do outono provocou uma rajada de raios, e eu me tornei um novo homem. Um homem corajoso, destemido, que impõe respeito. Um homem com sede de sangue.

Levantei e (em silêncio) declarei: Finbar Frame, vampiro.

Em seguida, o condutor do trem passou pelo corredor e me mandou sentar. Ele também me lançou um olhar desconfiado, como se eu estivesse tocando pessoas de maneira imprópria. Acho que ele percebeu meu poder recém-descoberto e se sentiu ameaçado.

Mas confesso que acabei me sentando.

5

Faltando apenas setenta e duas horas para o início das aulas, eu estava em um lugar mágico que seria a fonte de todos os meus segredos e poderes vampirescos: a Biblioteca Pública de Pelham. Eu ainda acreditava que os livros podiam mudar sua vida, mesmo que não tivessem funcionado nas minhas tentativas anteriores de transformação (como dá para perceber pela cópia intacta de *Halterofilismo para molengas*, na terceira prateleira da minha estante).

Agradeço aos céus pela minha capacidade de concentração fora do comum. Entre o sábado e a manhã de terça, li os seguintes livros: *A família Vourdalak*, do conde Alexei Tolstói; *Carmilla*, de Joseph Sheridan Le Fanu (esse tinha uma vibe lésbica incrível, e isso uns cento e cinquenta anos antes de a Marissa beijar a Alex em *The OC*); *Drácula*, de Bram Stoker (esse eu só folheei, porque já tinha lido duas vezes); *Revelações em negro*, de Carl Jacobi; *A hora do vampiro e Voo no-*

turno, do Stephen King; *Carpe jugulum*, de Terry Pratchett; quatro livros da Anne Rice; dois da série House of Night, de P. C. e Kristin Cast; e a saga Crepúsculo, da Stephenie Meyer.

Terminar de ler qualquer livro, ainda mais tantos assim em um único fim de semana supernerd, foi um feito impressionante, considerando que eu dividia o quarto com o Luke. Em Alexandria, nossos quartos ficavam em lados opostos do corredor, e eu mal escutava quando ele quebrava uma viga do teto de madeira com a bola de basquete, ou usava a cama como trampolim, ou se balançava no parapeito da janela. Em Pelham, eu via tudo isso ao vivo e em cores.

Em determinado momento da minha pesquisa, quando eu já havia cortado o dedo com papel umas doze vezes, ouvi o Luke subindo as escadas. As lâmpadas do quarto já estavam tremendo de medo dele. O cara é um terremoto ambulante. Olhei ao redor rapidamente. As capas dos livros em cima da minha cama eram suspeitas e assustadoras – facas, sangue, alguns peitos femininos à mostra. Por isso agarrei uns cinco e joguei no vão entre a minha cama e a parede, onde eu guardava todas as minhas outras coisas suspeitas e assustadoras, como o pôster da Megan Fox em *Transformers* (em tamanho natural, e dá para ver claramente um dos mamilos dela).

Luke abriu a porta, com os fones de ouvido no último volume e a camisa encharcada de suor, que tirou enquanto caminhava em direção à cama. Meu irmão anda por aí sem camisa mais do que o Matthew McConaughey.

– Leitura de férias? – foi a pergunta que os peitorais do Luke me fizeram.

Até parece. Eu já tinha terminado a lista de leitura de férias da Escola de Pelham no Quatro de Julho. Leitura de férias é uma das coisas que mais gosto de fazer no mundo!

– Só dando uma lida – respondi.

– Ei, quando vamos à praia outra vez? – ele perguntou. – Nunca consigo ir.

– A praia fez a minha pele fritar – respondi.

Ele nem ligou.

– A mamãe disse que curtiu.

Revirei os olhos, depois larguei *A rainha dos condenados* em cima da colcha. Embora nunca tivesse pensado que diria uma coisa dessas, o fato é que eu estava enjoado de ler. Decidi fazer o que o resto do país fazia em vez de ler: assistir à televisão.

– Ei – chamei o Luke –, você já viu *True Blood*?

Ele pegou uma das toalhas que compartilhávamos e esfregou na cabeça, no pescoço e no peito. Lembrete: nunca mais usar aquela toalha.

– O que é isso? – perguntou.

– Uma série da HBO – respondi. – De vampiros.

– E o que acontece? – Luke colocou uma camisa polo.

Prender a atenção do meu irmão exige uma equipe de escritores de novela mexicana, mas ele concordou em assistir aos DVDs da série e desceu comigo para a sala, onde fica a enorme televisão HD que emite radiações e mata minha mãe de medo. Coloquei o DVD da primeira temporada e fui conquistado pela série quase que imediatamente. Meu irmão, praticamente o garoto-propaganda do DDA, saía da sala toda vez que não tinha ninguém prestes a ser morto ou transando de forma barulhenta. Felizmente, tinha um monte de assassinatos e sexo que não acabava mais (talvez virar vampiro fosse mais divertido do que eu pensava). Luke prestava mais atenção quando assistia e ao mesmo tempo tentava se equilibrar numa prancha de madeira sobre rodas. Essa prancha de equilíbrio foi a primeira manifestação física da crise de meia-idade do meu pai. Ele comprou aquilo para treinar a coordenação quando decidiu que ia virar surfista. Mas aquilo nunca funcionou para ele. Ou para mim. Ao que parece, delírios relacionados ao surfe são frequentes na nossa família.

Enquanto Luke se equilibrava (ou melhor, caía no sofá, tipo, umas três vezes), eu juntava todas as informações que tinha lido com as que estava vendo. Cada livro tinha uma visão diferente sobre como funcionavam os vampiros. Por exemplo: Como se transformar em vampiro? Bram Stoker, que escreveu *Drácula*, diz que são necessárias três mordidas de um vampiro para transformar um ser humano. Os livros da série House of Night afirmam que virar vampiro é uma mudança física automática, como a puberdade (e só Deus sabe que eu não queria reviver a puberdade; acho que eu preferia virar vampiro a voltar a usar aparelho com elásticos vermelhos nos dentes). E qual é o lance dos vampiros com o sol? Em *True Blood*, as criaturas expostas ao sol secam até a morte. Nos livros da série Crepúsculo, o sol não fere os vampiros, mas revela a linda pele deles. Bem, eu não precisava me preocupar com isso.

Mas havia um monte de "regras vampirescas" que eu não poderia seguir. Por exemplo: Tru Blood é o nome da bebida de sangue sintético que Bill Compton e os outros vampiros da HBO tomam, em vez de morder as pessoas, o que me lembrou de uma coisa: vampiros não comem. Isso me levou a perceber que eles também não bebem nem respiram. Comer, beber e respirar? Eu provavelmente não conseguiria me livrar desses hábitos banais. Além disso, de acordo com os livros, vampiros enlouquecem quando se deparam com símbolos religiosos, como cruzes ou imagens cristãs. Se isso fosse verdade, não ia dar para entrar na minha própria casa. Minha mãe tem imagens de santos e da Virgem Maria praticamente acampadas no nosso quintal.

Mas, enquanto observava os vampiros na TV – com aquela fala lenta e macia, os movimentos ágeis, os reflexos de um agente secreto e a forma como chamam a atenção de todo mundo (principalmente das garotas) quando entram num bar ou numa festa –, percebi que havia mais coisas na imagem do vampiro além de beber sangue e morder as pessoas. Havia outros elementos, além daqueles em que eu era bom: o jeito melancólico, a solidão, a determinação antiquada de agir como um cavalheiro com as mulheres, a inteligência e o conhecimento de história. Havia algo mais: a *atitude* de vampiro.

Talvez eu ainda não tivesse a atitude de vampiro porque faltava ler um livro importante. Aquele que estava na origem de tudo. A bíblia da sedução vampiresca: *Sede de sangue*. Para ser honesto, eu tinha vergonha de comprar o livro, mesmo pela Internet. *Sede de sangue* era um livro romântico, e noventa por cento de seus leitores eram mulheres. Se eu o comprasse online, provavelmente acabaria em alguma lista de romances idiotas e receberia e-mails cheios de fotos de homens com longos cabelos loiros e sem camisa.

Mas, se eu ia realmente usar essa coisa de vampiro para pegar meninas, tinha de ler *Sede de sangue*. Então engoli em seco e voltei para a biblioteca. Comecei a caminhar pelo corredor dos romances, cercado por duas meninas de 12 anos que riam e perguntavam uma para a outra: "O que é um membro? É tipo um membro de um clube?" Consegui pegar furtivamente um exemplar de *Sede de sangue* da prateleira. Havia sete cópias do livro, e cinco já haviam sido retiradas – um bom sinal sobre a constante popularidade dos vampiros. Escondendo o livro entre dois romances mais machos do Stephen King, me dirigi despreocupadamente até o balcão.

Agnes, uma bibliotecária que já me conhecia pelo nome, sorriu quando pegou meu cartão. Mas, ao avistar *Sede de sangue*, ela sacudiu a cabeça.

– Você não pode levar este aqui – disse.

O quê? Ela estava levando o papel de mãe – ou de avó – longe demais.

– Há uma advertência aos pais neste livro – Agnes explicou.

– Pode ter esse tipo de coisa em livros? – perguntei.

Eu sempre pensei que advertências aos pais fossem para videogames em que você pode roubar carros e pegar prostitutas.

– Eu posso ligar para sua mãe e pedir a permissão por telefone – ela sugeriu.

Olhei para a capa de *Sede de sangue*, com os seios da moça em destaque.

– Não precisa, obrigado.

Na primeira vez em que sentei num canto escuro e isolado da Biblioteca Pública de Pelham para ler *Sede de sangue* sem precisar retirá-lo, não consegui entender por que o livro era tão proibido. O primeiro capítulo era mal escrito, mas não muito escandaloso. A história começava como uma imitação barata e inofensiva de *Drácula*, com um monte de diálogos cafonas. Tinha uma menina inglesa, Virginia White, que havia sido escolhida para entregar uma mensagem numa cidade montanhosa do Leste Europeu, mesmo sendo uma mensageira horrível, que não sabia escalar montanhas e estava sempre vestida de branco, o que é algo idiota de se fazer no campo. Enfim, Virginia White acaba chegando até a fazenda de Chauncey Castle, um sujeito que tinha sido professor em Oxford, mas que foi expulso por causa de suas controversas pesquisas sobre imortalidade e beber sangue. Todos começaram a dizer que ele era um vampiro, mas mesmo assim a burra da Virginia fica andando por aí até chegar na casa dele.

Por quarenta dias e noites, ela fora prisioneira na casa dele, seus pulsos brancos como lírio amarrados por pesadas correntes de ferro... Mas agora, livre das amarras, ela havia se tornado cativa do misterioso fascínio de Chauncey – e prisioneira da própria luxúria. Tudo nele fazia seu coração de mulher bater acelerado. Sua pele de alabastro.

(Atraente, sem dúvida).

Seu extenso vocabulário.

(Um atributo muito sexy).

E seu irônico esforço de encontrar as palavras certas durante os conflituosos e furtivos momentos de paixão que compartilhavam.

(Está certo, o cara precisa de um tempo. Nem mesmo os vampiros conseguem entender as mulheres!)

Os vistosos pretendentes de sua meninice, com seus lenços vermelhos e suas corridas de cavalo, pareciam frívolos comparados a Chauncey.

(É isso aí! Para o inferno com esses jóqueis!)

Se os rumores fossem verdadeiros, havia oitenta anos que Chauncey Castle não abandonava o Chateau Sangre. Mesmo assim ele era – mais do que qualquer outro homem que ela havia conhecido – um explorador de mundos: aqueles em seus livros de capa de couro. E talvez ainda um explorador dos mundos dela, os mundos desconhecidos sob sua saia de seda, sua anágua, os laços de cetim de seu espartilho...

Ela se apertou contra ele, sem nada entre os dois a não ser seu amplo e jovem seio, tremulando nu e exposto como dois faisões que estremecem diante do caçador. Quando ela levou a mão ao peito de Chauncey, notou que era frio e duro – inflexível como as próprias muralhas de seu castelo.

– Não consigo sentir seu coração – disse Virginia, sem fôlego. – Você ainda tem coração?

– Que importa se tenho ou não? – ele perguntou, desviando o olhar. Ao voltar a encará-la, os olhos de Chauncey atravessaram Virginia como espadas de prazer. Era como se os dois travassem um duelo sensual e ele estivesse com a vantagem...

– O que importa é o que sou.

– O que você é?

– Eu não posso dizer.

(Nossa, esse cara tem lábia.)

Felizmente, Chauncey não ficou falando por muito tempo. Virginia White tomou conta da conversa – e, caramba, que boca suja para uma donzela de Sheepfordshire.

– *Agora eu sei para onde vai o sangue que você bebe – ela disse, esfregando o intumescido...*

– Ai, meu Deus! – eram as duas meninas da seção de romances, rindo atrás de mim.

Vermelho de vergonha, olhei para cima. Elas estavam com os olhos grudados na página que eu estava lendo.

– ... *membro* – sussurrou uma delas.

Levantei em um pulo e fechei o livro, dizendo:

– Essa aqui não é a seção de ginástica?

Depois de ler *Sede de sangue* quase todo, eu tinha aprendido oito metáforas novas para ereção, mas não muito sobre a atitude de vampiro. Acho que, para entender a atitude, eu precisava mergulhar naquele estilo de vida. Assim, no feriadão do Dia do Trabalho, adotei hábitos vampirescos perto da minha família para testar a reação deles.

Comecei diminuindo a quantidade de comida que ingeria em público. Eu não planejava morrer de fome para provar que era um vampiro, mas também não queria ser visto vencendo um concurso de quem comia mais cachorro-quente ou algo assim. Então, quando meu pai preparou um delicioso hambúrguer de meio quilo em seu novo grill, eu tive de recusar.

– Do jeito que você gosta, Finbar – ele anunciou, lançando o hambúrguer no pão tostado que estava num prato de papel, que quase imediatamente ficou encharcado com os sucos da carne. – Sem alface, sem tomate, sem ketchup, sem mostarda e sem molho barbecue.

Meus hábitos alimentares são bem simples. Além de uma alma sensível e uma pele sensível, tenho um paladar sensível. Portanto, aquele hambúrguer era o meu Santo Graal. Meu estômago roncou e até babei um pouco.

Mas disse:

– Hum, não, obrigado. Acho que vou comer qualquer coisa mais tarde.

Que fim de semana meu pai escolheu para comprar um grill do tamanho do LeBron James.

Adotei um estilo de vida de vampiro enquanto descansava em casa, me isolando dos outros, lendo um monte de livros e olhando furiosamente para minha mãe quando ela passava em cima do meu pé com a vassoura. Curiosamente, ninguém parecia notar que eu estava agindo de maneira diferente.

Bem, estava na cara que eu precisava intensificar a atitude. E eu sabia exatamente como – com um olhar mortal. Lendas, filmes e livros cheios de pornografia diziam que o olhar do vampiro é tão poderoso que só de encarar um mortal nos olhos ele é capaz de fazer a pessoa se render à sua vontade. Testei essa teoria com o meu irmão. Não se preocupe, ele não se machucou.

Toda manhã, no verão, Luke saía para correr às sete horas. Ele estava de volta às oito, subindo a escada como uma tropa de fuzileiros, abrindo a porta com tudo com o braço suado e arruinando meu sono REM com a última música da moda bombando no iPod. Sendo desprovido do meu gosto musical seletivo, Luke sempre baixava qualquer coisa que estivesse tocando incessantemente nas rádios. Naquele Dia do Trabalho, o último das férias de verão, era Lady Gaga, num remix no último volume.

Normalmente eu jogaria um travesseiro no Luke, erraria o alvo por um palmo, rolaria na cama e voltaria a dormir. Hoje, enquanto ele erguia a camiseta para enxugar o rosto e fazia uma dança ridícula na hora do refrão, eu me sentei e fixei os olhos nele.

– Desligue isso! – gritei, alto o suficiente para ele me ouvir.

– Hã? – ele levantou as duas mãos para tirar os fones de ouvido, que, estendidos sobre seu peito, faziam ainda mais barulho.

– Desligue a música – eu disse.

Então Luke sentiu todo o impacto do feroz olhar de vampiro que eu havia aperfeiçoado no espelho de maquiagem da minha mãe durante três dias. Ele foi projetado para a) derreter meu irmão em uma poça de seu próprio suor, ou b) torná-lo totalmente obediente a mim. Inicialmente, a segunda opção funcionou. Luke me encarou e veio até a minha cama. Estava funcionando! Meu olhar poderoso estava atraindo o Luke até mim. Meu olhar poderoso era realmente poderoso! Em seguida, ele se sentou na minha cama e disse:

– Você está com os olhos cheios de remela.

Ele levantou a mão na direção do meu rosto. Ergui o braço para bloquear seu avanço, mas meus reflexos vampirescos ainda não estavam em forma e eu fui muito lento. Então ele enfiou o dedo no meu olho.

Depois que o Luke saiu para o treino, minha mãe entrou no quarto com o aspirador de pó, o que significava que ela queria ter um papo íntimo. Ela se sentou na minha cama e perguntou:

– Tem alguma coisa errada, Finbar?

Levantei uma sobrancelha de maneira cética, mas depois lembrei que estava praticando meus hábitos de vampiro. O que Chauncey Castle diria?

– Tem alguma coisa certa? – perguntei dramaticamente.

– Finbar – nesse momento minha mãe apertou os olhos e agarrou a cruz do pescoço como se estivesse em perigo. – Você está usando drogas?

– O que importa o que faço? – perguntei. – Tudo que importa é o que sou...

– FINBAR! – minha mãe gritou, pulando da cama. – VOCÊ ESTÁ USANDO DROGAS!

O estilo Chauncey Castle de diálogo não funcionava tão bem na vida real. Talvez haja uma razão para a imprensa ter chamado o livro de "lixo repugnante".

– Não estou usando drogas, mãe – eu disse. – De onde você tirou essa ideia?

– Você anda mal-humorado, não conversa mais com a gente e está comendo menos – ela explicou, depois respirou fundo:

– Você está fumando maconha?

– Mãe, se eu estivesse fumando maconha, estaria comendo *mais*.

Minha mãe apontou o aspirador para o meu peito e ligou aquele treco, que começou a chupar a camisa preta do meu pijama.

– Só quem fuma maconha poderia saber de uma coisa dessas! – gritou, fazendo ainda mais barulho do que o aparelho.

Depois que minha mãe saiu, eu finalmente levantei da cama. Aproveitei a ausência do Luke para realizar uma importante tarefa pré-Primeiro Dia de Aula: decidir o que eu ia vestir.

Como eu ia fazer para me vestir como vampiro? Eu tinha um péssimo histórico de tentar convencer os outros de que eu era outra pessoa. Veja os Halloweens da minha infância. Todo ano eu começava com aquilo em agosto, tentando bolar a fantasia mais assustadora possível. Fantasma, zumbi, múmia, assassino do machado. Quando meus vizinhos abriam a porta, eu rosnava, levantava uma faca, tinha um ataque de fúria, rugia como o elenco inteiro de *O rei leão*.

Ainda assim, quando as mães de Indiana me viam, sempre diziam a mesma coisa:

– Oi, Finbar. Tudo bem?

O máximo que eu recebia eram comentários sem entusiasmo, como "Nossa, que medo", seguidos por aquele som, "ahhh", que você faz quando encontra um cachorrinho mastigando seu sapato. Outros vizinhos, que sabiam o que fazer para conquistar o coração da minha mãe, estavam ocupados demais colando passagens da Bíblia em barrinhas de cereais – que já eram o pior doce do mundo sem as chagas e as pragas para acompanhar. Depois de um tempo eu já estava andando por aí de porta em porta com metade do Novo Testamento, tipo uma Testemunha de Jeová.

Então, como é que eu faria esse negócio de vampiro dar certo?

Eu era péssimo em violência, por isso não conseguiria fazer o que faz de um vampiro um vampiro: não sairia por aí mordendo pessoas. Luke já tinha tentado fazer isso uma vez e foi expulso da escola. Meu feitiço não teve nenhum efeito sobre o meu irmão, o que indicava que eu não conseguiria hipnotizar as pessoas. Estava na cara que eu não era nenhum Chauncey Castle quando o assunto era sedução. E eu ainda não tinha entendido completamente a atitude de vampiro. Assim, eu não tinha escolha a não ser trabalhar o visual. No tempo que restava antes de o Luke voltar, fiquei remexendo o andar de cima de casa, recolhendo todas as roupas e acessórios de aparência sinistra que a minha família tinha. Isso incluía uma camisa polo preta que o Luke tinha desde os 8 anos, uma camisa preta de botões que era descolada demais para o meu pai e um pingente da minha mãe que eu pensei que fosse uma presa, mas que no fim era apenas um dente de leite do Luke pendurado num cordão.

O que descartei primeiro foi o pingente, é óbvio. Depois experimentei a polo preta. E, acreditem, não foi fácil. Aquilo era uma roupa *apertada*. Parecia que eu ia a uma rave na série *Jersey Shore*. A diferença é que eu não poderia levantar as mãos para dançar, porque, quando fiz isso, a camisa rasgou embaixo do braço.

A polo já era.

Depois eu vesti a camisa de botões do meu pai. Ficava longa em mim (eu sou alto, mas meu pai, o "Paul Altão", tem mais de um metro e noventa) e, quando a enfiei dentro da calça, a parte de baixo se acumulou, formando uma protuberância interessante entre as pernas. Aquilo não podia ser ruim. Além do mais, a camisa era preta, me dava um ar maduro e tinha um visual bem vampiresco. Na frente do espelho de corpo inteiro da minha mãe, fiquei me virando de lado e levantei a gola da camisa. Uau. Totalmente vampiro. Como o Conde da Vila Sésamo. *Finn vai quebrar tudo na escola nova se vestir essa camisa... Ua-ha-ha-ha.*

Mas, assim que tirei aquela protuberância da calça, tive uma revelação.

Vampiros não ligam para a camisa que estão vestindo. Não se preocupam em impressionar no primeiro dia de aula. Não estão nem aí para essas coisas idiotas com as quais os Finbar Frames da vida se importam, como ser o primeiro eliminado no jogo de queimada na educação física, enfrentar a rejeição das meninas e ser ridicularizado por levar no bolso anotações para estudar para o vestibular. Vampiros não ligam se não podem exibir um bronzeado na praia, se as pessoas ficam olhando para eles ou se são diferentes. Vampiros não se importam com o que os outros pensam. E *essa* é a atitude de vampiro.

No St. Luke, eu sempre entrava na sala antes do segundo sinal, mostrando que me preocupava com minhas notas. Meu nome sempre estava no quadro de honra e na seção de autores do jornal estudantil, mostrando que eu me preocupava com a escola. Eu não ia a festas de arromba, o que pode soar indiferente, mas na verdade significava que eu me importava tanto com o que as pessoas pensavam sobre meu jeito de dançar e sobre minha baixa tolerância a cerveja que eu não ousava dar as caras. Gastei minha mesada de dois anos pagando pelas lesmas que a Celine comeu e depois persegui a menina pela rua porque eu me importava demais. Era por isso que eu havia estragado o nosso encontro. E era por isso que eu nunca tinha saído, beijado ou até mesmo dançado com uma garota. Eu me importava demais com o que elas achavam de mim.

Bem, essa preocupação toda acabava agora.

Joguei a camisa do Luke e a do meu pai no cesto de roupa suja. Me livrei daquele dente assustador do Luke. Coloquei de volta a camiseta preta do meu pijama, cobrindo meu peito branco e magricela. Durante o resto daquele dia e daquela noite, eu vestiria apenas aquela camiseta. E estava com a mesma roupa na manhã seguinte, enquanto pegava um pedaço de torrada e ignorava as súplicas da minha mãe dizendo que eu deveria tomar chá verde (ela havia assistido ao programa do dr. Oz). Quando entrei no Volvo e fui para a nova escola, aquela mesma camisa preta que eu estava vestindo havia três dias simbolizava tudo – frieza, apatia e também um certo fedor.

O que eu tinha na cabeça? Eu era um completo idiota.

Foi fácil ser valente em casa. Lá eu estava amparado pelas pequenas estantes de livros e pelo amor cego da minha mãe por sua prole bizarra. Era fácil ser corajoso e fazer planos quando tudo que eu precisava fazer era ler alguns livros, sobreviver a um ataque de urticária solar ou absorver a radiação de cinco horas de televisão. Era fácil fazer planos para seduzir e impressionar todo mundo que eu conhecia, já que eu não conhecia ninguém em Nova York além das três pessoas obrigadas por lei a me amar: minha mãe, que me pôs no mundo; Luke, que partilhava meu DNA; e meu pai, que não sabia muito das coisas.

Agora, indo para a Escola Pública de Pelham no meu Volvo, eu estava morrendo de medo. Até o meu pequeno carro prateado parecia envergonhado por causa dos outros carros, maiores e mais robustos – aqueles jipes e utilitários com seus duvidosos equipamentos de segurança, além do Hummer amarelo que não estava nem aí para o meio ambiente. Tentei entrar no estacionamento, mas fui fechado por um carro vermelho cujo motorista ouvia um rap com sons de tiroteio, e ainda cantava junto. Dez minutos na escola pública e eu já tinha me metido num atentado em pleno trânsito!

Ao que tudo indica, tem um adesivo no meu para-choque dizendo "Sou otário, pode me fechar", porque, depois que o primeiro carro me fechou, um monte de garotos de bicicleta atravessou a rua na frente do meu carro sem nem olhar. Enquanto eu deixava todo mundo passar – por tanto tempo que deixei o carro em ponto morto –, pensei que talvez fosse a diversidade que estava me deixando nervoso com toda essa coisa de escola nova e tal. Afinal, sou do Meio-Oeste. Segundo a Wikipédia, minha cidade natal, Alexandria, em Indiana, tem "0,46% de negros ou afro-americanos". Nossos vizinhos ficaram tão animados quando uma família negra se mudou para a nossa rua que lhe deram uma cesta de boas-vindas com as três primeiras temporadas de *The Cosby Show* em DVD. Em Indiana, eu ia para a escola com um monte de outros caras brancos de colete vermelho e calça cáqui. A maioria deles era bem parecida comigo. E um deles era meu irmão gêmeo.

Mas as pessoas não eram parecidas na Escola Pública de Pelham. E você pode apostar a própria pele que ninguém usava gravata. Estacionei o carro na vaga mais distante da escola e estava pronto para fazer o resto do percurso andando. Eu não queria pegar uma vaga mais próxima, que podia ser reservada para idosos, outros estudantes ou algo assim. E, olhando ao redor, tinha um monte de alunos com quem eu não gostaria de me meter.

Havia os caras – caras de brinco, com jeans apertados, jeans rasgados, caras que poderiam segurar minha cabeça com uma mão, caras que eram maiores, mais durões, mais bronzeados e muito mais descolados do que eu. E havia as meninas – meninas com blusa de alcinha, com jeans apertados, tentando provar alguma coisa, conversando em grupinhos, revirando suas bolsas enormes, meninas que balançavam o rabo de cavalo sem mexer o corpo (elas deviam ser bruxas para conseguir fazer isso!), meninas torradas pelo sol, meninas com sorrisos tão brilhantes que eu não conseguia olhar diretamente para elas.

Tentando evitar contato visual com cento e cinquenta alunos de uma vez, deslizei para dentro da onda de gente que ia em direção ao portão de entrada da escola.

– Ei! – chamou um punk sentado na capota de um Chevy enferrujado. Tinha outro cara sentado lá com ele, e mais outro no teto do carro. Os três dividiam o mesmo cigarro, enquanto faziam desenhos com marca-texto nos tênis brancos.

Olhei em volta e respondi:

– Ei.

– Escolheu bem o lugar para estacionar – disse o garoto.

Os três riram e olharam para o meu Volvo superseguro, com seus airbags e o espaço do tamanho de uma piscina olímpica entre ele e o carro ao lado.

Dei de ombros.

– Sua bicha – o garoto gritou para mim.

Enquanto eu saía do estacionamento de estudantes e andava em direção à escola, via meu plano de vampiro pelos olhos de todos aqueles alunos ao meu redor. E, pelos olhos deles, meu plano parecia realmente estúpido. *Esse cara ia fingir que era um vampiro para ser popular!*, imaginei aqueles garotos sussurrando um para o outro e postando a conversa na versão da Escola de Pelham do site da *Gossip Girl*. Apesar da diversidade, todos eles se juntariam para rir de mim.

Baixei a cabeça no estilo do Bisonho, amigo do Ursinho Puff. O mesmo fracassado e miserável Finbar de sempre. E, aparentemente, o mesmo descoordenado e idiota de sempre, que tropeçou em alguma coisa quando nem estava olhando para onde ia. Aliás, tropeçou em alguém.

Empoleirada como uma gárgula no terceiro degrau, a menina ficou indignada e largou um livro enorme que estava segurando.

– Você me chutou! – gritou, apertando os olhos na minha direção.

– Desculpe – eu disse. – Sou mesmo um idiota. Sinto muito. É meu primeiro dia aqui, e não faço ideia para onde estou indo ou o que estou fazendo, então...

– Você é calouro? – ela perguntou. – Meu nome é Jenny.

– Não, eu não sou...

– Você é muito alto para um calouro – ela disse. – Tem o quê, um metro e noventa? Você deve ser uns trinta centímetros mais alto que eu. Vamos medir.

Quando Jenny se levantou para comparar nossa altura, seu livro caiu no chão. Como havia gente passando apressadamente por nós, eu me inclinei rapidamente para apanhá-lo e impedir que fosse pisoteado. A capa tinha uma mulher de vestido branco que me parecia familiar – um vestido de renda e com um decote generoso. E as letras grandes, gotejantes e dramáticas, chamaram minha atenção. *Sede de sangue.*

Jenny gostava de vampiros! Me endireitei e entreguei o livro para ela. De repente, todas aquelas pessoas ao meu redor não representavam nada além de tipos diferentes de inferioridade. Por Deus, eu era o Chauncey Castle da Escola Pública de Pelham! Os caras com marca-texto que dirigiam latas-velhas e as meninas com sapatos de salto assustador não podiam comigo.

– Tenho que entrar – eu disse a Jenny, acrescentando de maneira despreocupada, mas sem deixar dúvidas:

– O sol não me faz bem.

Quando eu disse isso, Jenny pareceu totalmente intrigada. Sem nem ao menos tentar, eu tinha achado o alvo perfeito. Ela entrou na escola comigo, quase tropeçando para não perder meu rastro. Depois me acompanhou até a secretaria, onde peguei o número do meu armário, e até o meu armário, que tive de chutar para abrir. Ficou fazendo perguntas o tempo todo.

Qual era a minha série? Segundo ano. A dela também. De onde eu era? De longe. Mas... de onde exatamente?

– Você sabe, do meio do país – respondi.

Eu queria que o vampiro Finbar imitasse as vagas e filosóficas respostas de Chauncey Castle. Infelizmente, acabei soando como o Justin Bobby, de *The Hills*.

Jenny prosseguiu com o interrogatório: Quais eram as minhas aulas? (Entreguei minha lista a ela e comparamos nossas aulas). Eu tinha carteira de motorista? Sim. Tinha carro? Sim. Eu gostava de ler? Sim, muito. Eu já tinha lido livros de fantasia? Não. Por que não?

– Eu não acho... – peguei o *Sede de sangue* da mão dela e dei uma rápida olhada na capa.

– Não acho que sejam muito realistas – completei, com um olhar cheio de significado.

Eu esperava que Jenny fosse entender a dica – de que os livros fantásticos não eram tão realistas quanto minha própria vida de vampiro. Mas ela estava ocupada demais me levando para nossa primeira aula em comum, história americana. Eu estava prestes a descobrir que, ao contrário do St. Luke, na Escola de Pelham não havia lugar certo para sentar (nada de Johnny Frackas perto de mim aqui!). Jenny escolheu um lugar no fundo e se sentou facilmente, enquanto eu tive de me espremer na carteira ao lado dela. Desde o meu estirão de crescimento no verão, eu batia os joelhos nas mesas e agora na carteira da escola. Eu estava tentando encontrar um lugar para os meus pés quando um garoto se sentou do outro lado da Jenny. Aparentemente o pessoal da Pelham não se preocupava com quem sentava ao lado de quem, já que o garoto nem piscou antes de botar a mochila lá.

– E aí, Jen – ele disse devagar. No instante seguinte, dormiu.

Me inclinei para frente para ver o garoto. Fiquei fascinado. Nunca tinha visto alguém cair no sono numa sala de aula de verdade. Pensava que só os personagens de séries dos anos setenta e os anti-heróis dos filmes do John Hughes faziam isso. Mas lá estava um aluno do segundo ano, com seu cabelo encaracolado para cima e para baixo, num ritmo tranquilo. Ele estava dormindo mesmo. Dava até para ver um pouco de baba! Quando nosso jovem e ansioso professor entrou na sala – e se atrapalhou todo durante vinte minutos tentando usar o quadro e um notebook para nos mostrar um vídeo de dois minutos do Jon Stewart –, observei o cochilo daquele cara na carteira e tomei aquilo como um presságio. Um bom sinal de que a Escola de Pelham seria, pelo menos em comparação com o St. Luke, um lugar descontraído.

Embora Jenny fosse prestativa e eu tivesse sentado com ela nas duas primeiras aulas, não tinha certeza se queria que todo mundo pensasse que éramos melhores amigos. Ela era um pouco estranha, com sua enorme coleção de livros fantásticos guardados na mochila que ficava grudada em suas costas o tempo todo. Com cabelo laranja e sardas, Jenny podia parecer uma garotinha de propaganda de bolacha recheada. Mas estava sempre de preto – gargantilha preta e camisa preta com caveiras e facas. E também tinha tingido o cabelo de preto, embora os fios alaranjados já tivessem crescido, o que deixava tudo metade laranja e metade preto. Ela tinha um ar gótico sinistro que alguém que anda com vampiros tem que ter, mas faltava aquele algo a mais sexy e descolado de que eu precisava.

Assim, na terceira aula, de física, me separei de Jenny para sentar sozinho numa mesa do laboratório e parecer melancólico. Como o grupo de alunos até agora tinha sido o mesmo em todas as aulas, e estava na cara que passaríamos um bom tempo juntos, era importante passar uma impressão vampiresca para eles. Por isso, enquanto o professor construía uma montanha-russa de Lego, eu fazia minha melhor imitação de Edward-Cullen-na-aula-de-biologia. Quando uma morena bonita sentou perto de mim, apenas olhei para ela brevemente antes de desviar o rosto. Tinha certeza que esse olhar sombrio e sinistro teria sobre ela o mesmo efeito que o do Edward teve sobre a Bella em *Crepúsculo*. Meu olhar ardente e raivoso e minha expressão amarga revelavam um animal que lutava para controlar o próprio desejo de avançar em seu pescoço nu.

Obviamente atraída pelo fascínio que eu exercia, a menina se virou para mim e falou:

– Você quer um sal de frutas?

Fiquei totalmente confuso e meio que perdi meu olhar ardente.

– Como é? – perguntei.

Ela puxou um pote de sal de frutas da bolsa e disse:

– Parece que você vai vomi.

– O quê? – perguntei.

– Vomitar – esclareceu a menina.

Após esse incidente, decidi não me aventurar tanto. Sabia que a Jenny poderia me dar as informações necessárias sobre todo mundo.

A morena?

– É a Ashley Milano. Ela participa de tudo. E fala demais. E abrev.

– Ela o quê?

– Ela fala usando abreviações – disse Jenny. – Ok, o próximo: Jason Burke. Ele parece um atleta, mas na verdade é bem inteligente.

– Matt Katz – ela apontou para o garoto que tinha caído no sono na aula de história americana. – Maconheiro. Ele é muito legal. Sabe mais sobre as batalhas do rap do que a sra. Karl sabe sobre força centrífuga.

Matt Katz não parecia alguém que conhece as batalhas do rap. Ele parecia alguém que acampa no show do Dave Matthews e fuma maconha até entrar em órbita. Bom, eu também não tinha cara de fã de rap. Claro que eu não era tão fanático quanto o Matt, que aparentemente havia elaborado uma tese para provar que o Tupac ainda estava vivo.

– Nate Kirkland – Jenny continuou, apontando para um garoto com cabelo de surfista. A descrição foi breve:

– Caçador de tatu.

– Sério? – perguntei. Enfiar o dedo no nariz em plena sala de aula me parecia bem corajoso. Ainda mais do que dormir durante a aula.

– Ah, ele enfiou o dedo no nariz uma vez na terceira série – ela contou.

– Como você sabe? – perguntei.

– A gente sempre estudou juntos – ela disse. – Fazia três anos que não chegava ninguém novo. Todos nós achamos você... muito *misterioso*.

Sorri automaticamente, satisfeito. Meu plano estava funcionando! Então lembrei que caras misteriosos – e vampiros – não sorriem. Fechei a cara na hora, numa carranca muito viril.

– Aquela é Kayla Bateman – Jenny continuou, fazendo careta para a menina.

Olhei para ela. Ah, eu já tinha notado a Kayla Bateman.

– Ela está sempre dando um jeito de mostrar os peitos – disse Jenny, implacável.

Naquele instante, Kayla estava conversando com uns caras sobre os colares que estava usando. Eles estavam fascinados. Ela tirou um, depois o outro, de dentro de seu decote sem fim.

– Meu pai me deu uma estrela de davi, e minha mãe me deu um crucifixo – ela explicou. – É que, tipo, por que eu não posso levar *os dois* no peito?

– Ãhã – os caras concordaram, completamente hipnotizados pelo par de... colares.

A aula de educação física foi uma agradável surpresa. E eu nunca havia dito isso em todos os meus anos de escola. Quando cheguei, tinha um treinador sentado numa mesa e uns sessenta e cinco alunos em fila na frente dele, todos de mochila. Cada vez que um aluno se afastava da mesa, sentava no chão e começava a preencher uns papéis. Aquilo parecia mais um exame psicotécnico do que educação física. E, para falar a verdade, eu prefiro o psicotécnico à educação física.

Entrei na fila e perguntei para a menina na minha frente:

– Todo mundo aqui está na aula de educação física do segundo ano? Tem, tipo, uns setenta alunos na fila.

Aquele jogo de queimada ia ser um inferno. Fiquei imaginando sessenta e nove pessoas contra mim. Eu ia virar pó.

– Tem só, tipo, umas vinte vagas por aula – ela disse. – E umas trinta no futebol. Aqueles caras chegaram cedo na fila para conseguir se inscrever no futebol.

– Espera aí, então quer dizer que a gente pode escolher o que quer fazer? – perguntei.

Quando cheguei ao início da fila, o professor de educação física gritou:

– Nome?

– Frame, senhor.

– Frame. Certo, Frame – ele me entregou um cadeado trancado e um cartão de instruções. – Número do armário e senha.

Em seguida, me deu uma folha amarela dobrada que tinha tirado de uma pilha.

– Esta é a lista de aulas. Marque sua primeira e segunda opção. E sinto informar que...

O treinador riscou um enorme X vermelho na primeira opção da folha. Até os professores de educação física usam caneta vermelha?

– ... não há mais vagas para futebol.

– Que saco! – eu disse. Foi minha tentativa patética de parecer contrariado. Na verdade, eu estava aliviado. O futebol sempre acabava com uns agarrando a virilha dos outros.

Com a folha amarela na mão, fui procurar um lugar vazio no chão do ginásio. Sentei, cruzei as pernas e comecei a examinar minhas opções. *Levantamento de peso*. Nem a pau. *Basquete*. Nã. *CardioPump, CardioFunk, CardioFlex...* constrangedor. *Ciências nutricionais?*

– Que merda, cara. Só sobrou ciências nutricionais – disse um garoto que estava saindo da fila com outro cara. Os dois sentaram perto de mim.

– Ei, o que é isso? – perguntei. – Ciências nutricionais?

– Você fica sentado na sala falando sobre vegetais – ele disse. – Tem até prova. É um saco.

– É, parece horrível – eu disse.

Prova? Eu adorava provas! Eu era ótimo em provas! Virando meu papel para que eles não pudessem ver, escrevi um número 1 gigante ao lado de *ciências nutricionais*. Dobrei a folha ao meio e a coloquei na pilha na mesa do treinador.

O primeiro dia correu tão bem que eu esqueci um detalhe desagradável: a sala de orientação. Na verdade, eu não tinha lembrado até agora, quando comecei a recordar tudo.

Essas aulas reúnem alunos em ordem alfabética e são sempre um porre. Durante quinze minutos entre o primeiro período (história) e o segundo (física), fiquei mergulhado num caldeirão de alunos de diferentes panelinhas, sendo o F do sobrenome a única coisa que tínhamos em comum. Nosso orientador era o sr. Pitt.

– Frame? – o sr. Pitt, que tinha duas manchas de suor embaixo dos braços, olhou a lista de chamada.

– É Frame mesmo? Onde está o Frame?

Tentei me esconder atrás de dois garotos que jogavam bola entre as mesas.

– É... é... – gaguejei. Mas então lembrei que era um vampiro e me levantei, de peito estufado.

– Sou eu – declarei.

– É Frame? Seu nome? – ele perguntou, olhando para a lista.

– Frame é o sobrenome – esclareci.

– Então o nome é Finbar?

– Isso mesmo.

Sentei.

– Nossa – disse um jogador de lacrosse do meu lado. – Que nome gay é esse?

O amigo dele, com um daqueles bonés brancos de beisebol que jamais tinham visto água e sabão, soltou uma risadinha estúpida.

Esperei, mantendo a calma a todo custo, até que o cara do lacrosse se virasse para ver minha reação.

O velho Finbar teria ficado vermelho de vergonha. Agora, como um verdadeiro vampiro, mantive minha pálida serenidade e me concentrei em pegar um chiclete, que também fazia parte do meu plano. Por algum motivo, mascar chiclete e ser descolado são duas coisas associadas na minha cabeça.

Quando ele se virou para mim, enxerguei melhor o rosto cheio de acne do jogador de lacrosse. Todo jogador de lacrosse que conheci era coberto de espinhas. A Neutrogena deve ganhar fortunas com aqueles capacetes fechados.

– Você é mudo, cara? – provocou. – Que nome gay é esse?

Apontei para uma espinha particularmente desenvolvida no queixo dele. Tinha a marca de duas meias-luas no lugar em que ele claramente tentou espremer com as unhas, mas não conseguiu.

– Tem alguma coisa no seu rosto... bem ali – eu disse.

Deus abençoe a estupidez do amigo dele, que soltou a mesma risada idiota com o meu comentário, como tinha feito quando o outro falou comigo.

– Cala a boca, cara – o jogador de lacrosse murmurou vagamente para o amigo, ou para nós dois.

O sinal tocou. A tortura da sala de orientação havia acabado e eu me sentia diferente de antes, quando zombavam de mim. No St. Luke, eu sempre afundava na cadeira ou me encolhia. Hoje, me senti nas alturas.

7

À primeira vista, a Escola de Pelham me parecera exatamente como eu havia esperado depois de presenciar o cochilo do Matt Katz no primeiro dia de aula: tranquila. Mas rolava bullying por lá – e não eram simplesmente comentários depreciativos sobre o meu nome.

Na segunda semana na escola nova, saí da aula de física mais cedo para pegar meu caderno no laboratório e vi o Chris Cho, um garoto da minha aula de ciências nutricionais, no corredor vazio. Cho era calouro, mas é tão magro e pequeno que parecia uma criança meio perdida. Ele é uma daquelas pessoas que sempre parecem tristes, mas aquele dia parecia mais deprimido que o habitual. Então vi que ele não estava sozinho no corredor – estava com o Chris Perez.

Chris Perez estava no segundo ano e tinha a cabeça raspada. As meninas eram loucas por ele – em parte porque ele era bonito e em parte porque era durão. Ele era conhecido por Perez. Todo mundo falava dele. Quer dizer, eu estava ali fazia uma semana e meia e já tinha ouvido várias lendas a seu respeito. Perez deixava o carro no estacionamento dos professores – de alguma maneira tinha convencido o diretor a deixar que ele ficasse com a vaga. Perez tinha subido a parede de escalada inteira sem equipamento de segurança na aula de educação física. Perez tinha disparado o alarme de incêndio. Perez era mais macho do que qualquer um da escola. *Ele era conhecido em Pelham porque estava sempre metido em encrenca.* Espera aí, correção: *deveria estar* sempre metido em encrenca. Mas, quando os professores o pegavam escrevendo nas mesas com canivete ou roubando a cantina, ele bancava a vítima. Contava uma história elaborada sobre como seus pais atravessaram a fronteira e lutaram para aprender a falar inglês – e saía impune.

Mas agora ele não parecia uma vítima. Estava bancando o valentão para cima do Chris Cho, cutucando as costelas do menino com os punhos.

– Ei, amigão! – ele disse numa voz alta e desagradável, mostrando que não era amigo do Cho de jeito nenhum.

Cho baixou a cabeça e tentou passar pelo Perez e seguir pelo corredor. Mas o fortão deu um passo para o lado e bloqueou facilmente o caminho do garoto.

– Nã-nã-nã – falou Perez, sacudindo a cabeça. – Tem que pagar pedágio.

Cho olhou para cima sem saber o que fazer. Eu estava vendo tudo do meu armário no fim do corredor, mas Perez se aproximou tão rápido do Chris Cho que eu não saquei o que tinha acontecido até que o vi segurando a carteira do Cho com o braço para cima.

– Vejamos o que temos aqui – disse Perez. Ele baixou a carteira de couro e a abriu com as duas mãos. – Dez... dezoito dólares. Nada mal hoje, Cho.

Perez tirou cinco notas da carteira do Cho antes de jogá-la no chão. Dobrou as notas ao meio e colocou no bolso. Em seguida deu um tapinha no ombro do garoto, como se os dois fossem amigos, e se afastou.

Quando passei pelo Cho, ele estava recolhendo a carteira do chão. Lembrei que vampiros não se importavam com interações humanas triviais. Eu era um vampiro, portanto não me preocupava com o que estava acontecendo com Chris Cho. Não me senti mal por ele nem tive pena – de jeito nenhum.

Jenny Beckman foi a primeira menina que virou minha amiga.

Ficar perto de uma menina – literalmente perto, a um metro dela – era algo novo para mim.

O lema nos bailes do St. Luke era "Deixe um lugar para o Espírito Santo". O diretor e as professoras diziam isso a qualquer garoto que estivesse dançando muito perto de uma menina. Eu não tenho certeza se eles estavam mais preocupados com a presença do Espírito Santo ou com o fato de os caras do St. Luke ficarem esfregando as partes íntimas nas pobres meninas. Quanto ao Espírito Santo, tenho certeza absoluta de que, se ele pudesse estar em qualquer lugar do céu ou da terra, não escolheria ficar suando naquele baile careta e derrubando Tang na camisa como o resto de nós.

Nunca me disseram para "deixar um lugar para o Espírito Santo". É claro, só fui a dois bailes no St. Luke – um no nono ano, quando eu tinha esperança de conhecer meninas, e um no primeiro ano do ensino médio, quando fiquei recolhendo os ingressos. Não dancei em nenhum dos dois, e na verdade fiquei mais perto de uma menina quando estava pegando os ingressos. Fiquei na mesma mesa de uma líder estudantil desconfiada do St. Mary's, que me acusou de roubar dinheiro do caixa. Fiquei recontando o maço de notas amassadas de cinco dólares e as bitucas de cigarro do caixa enquanto, no centro da pista de dança, Luke gritava até ficar rouco e dançava com os braços para cima no meio de um círculo de garotas. Ele não tem medo de parecer idiota, por isso dança bem. E também não tem medo de ficar fisicamente perto de meninas, que é a principal razão de eu ter evitado dançar por dezesseis anos.

Agora eu tinha a Jenny por perto o tempo todo, sem lugar para o Espírito Santo. Eu podia presenciar todas as suas loucuras e emoções bem de perto. E, nossa, ela tinha um monte de emoções.

– Eu não acredito que a Kayla Bateman foi dispensada da aula de educação física hoje – ela disse. – Só precisa, tipo, usar um *sutiã esportivo*. Tenho certeza que dá para jogar queimada com peitos grandes. Eles são tipo uma proteção extra.

Parece que a Kayla Bateman tem algum problema de saúde que faz com que seus peitos não parem de crescer. É tipo um gigantismo nos seios. Ela é o Golias dos peitos. Embora eu tenha visto a Kayla conversar com o professor de educação física, tenho certeza que não foi o atestado médico que fez com que ela fosse dispensada da aula.

Depois de três semanas de amizade, eu já tinha decidido que um monte das frustrações da vida da Jenny vinha do fato de que a Kayla Bateman tinha peitos enormes e ela não tinha peito nenhum. Quer dizer, não *peito nenhum*. É claro que eu teria dado uma olhada se ela tivesse mostrado um pouquinho. É que a Jenny tinha seios *pequenos*. Ela nunca admitiria que tinha inveja da Kayla, mas eu saquei isso mesmo assim. Eu tinha mais sensibilidade do que a média masculina de usuários de Clean & Clear.

Pessoalmente, eu achava que uma ótima solução seria pegar um pouco dos peitos da Kayla Bateman e dar para a Jenny. Tipo, fazer uma lipo nos peitos da Kayla e injetar o material na Jenny. Era a solução perfeita. A menina que tinha muito daria para a que não tinha quase nada. Seria uma redistribuição de recursos, uma espécie de comunismo peitoral. Peitonismo. A Jenny ficaria feliz com peitos maiores, e o quiroprático da Kayla provavelmente ficaria satisfeito ao saber que ela não estava mais carregando aquelas coisas por aí.

Pensar em peitos em termos econômicos hipotéticos não era nada de novo para mim. Eu já havia pensado sobre peitos em mais contextos do que Karl Marx havia pensado sobre o proletariado. Mas falar sobre peitos com alguém que *tinha* peitos (mesmo pequenos como os da Jenny)... eu nunca tinha feito isso antes. Era revolucionário!

Mas eu tinha de considerar que havia meninos e meninas naquela escola. Nós estávamos nadando numa piscina cheia dos nossos próprios hormônios e feromônios. Havia sexo em toda parte. Até entre alunos e professores! Uma professora, a sra. Anderson, recebia pedidos de casamento de garotos do último ano em todos os períodos. Tudo porque ela tinha um magnífico par de seios arredondados. Aqueles peitos eram objeto de muita especulação na escola – será que eram verdadeiros ou falsos? Jason Burke falou tudo quando declarou que os seios da sra. Anderson eram "bons demais para ser verdade".

Jenny não era minha única amiga na Escola de Pelham. Era difícil deixar de fazer amizade com os outros alunos que ela havia me apresentado, considerando que eu tinha sete aulas por dia com a maioria deles. No primeiro período no laboratório de física, Jason Burke perguntou se eu queria ser sua dupla.

– Eu não queria ficar com a Ashley Milano – ele explicou.

Não era o motivo mais lisonjeiro para começar uma amizade. Mas era bom saber que eu estava acima de Ashley Milano no ranking... ou de Nate, o caçador de tatu.

Ashley Milano, por sua vez, um dia me chamou assim que entrei na aula de literatura.

– Finn, senta a bunda na cadeira – ela disse. – Você tem que ouvir essa.

Alguém prestou atenção em mim!, pensei, feliz da vida. Alguém tinha prestado atenção em mim... e na minha bunda! Mesmo com Jason, Kayla, Matt Katz e a Jenny por lá, o público da Ashley não estava completo. Ela precisava de mim também.

Enquanto sua história – que, como a maioria das histórias de Ashley Milano, envolvia um cara do último ano e especulações sobre plástica no nariz –se arrastava, percebi que eu estava tão ocupado fazendo amigos que meio que me esqueci de ser distante e misterioso. Quer dizer, eu planejei a coisa toda de vampiro para justificar o fato de não me encaixar em nenhum lugar, o fato de não fazer amigos, o fato de ser tão diferente. Mas parece que eu não era tão diferente assim, e estava começando a fazer amigos. Droga! Meu plano tinha ido por água abaixo!

Para voltar aos trilhos, enquanto Ashley Milano contava sua história, lancei um olhar assustador sobre ela e tentei "enfeitiçá-la" para que calasse a boca. Totalmente concentrado, visualizei seus lábios se unindo, magicamente selados por minha única vontade. Se o Finbar Vampiro calasse a boca da Ashley Milano, seria saudado como um herói. Melhor ainda, como super-herói.

Funcionou durante meio segundo. Ela parou a história para dizer:

– Credo, Finn, você está de olho no meu decote?

Até parece. Com a Kayla Bateman a um metro de distância? Sem chance. Mas era evidente que eu tinha de treinar meu feitiço. Na verdade, eu tinha de melhorar meu plano de vampiro como um todo. Minha tática planejada era primeiro convencer a Jenny de que eu era um vampiro, para que em seguida *ela* contasse isso para todo mundo. A Jenny era perfeita: era grande fã de coisas fantásticas, um pouco carente e já tinha conduzido uma sessão espírita e ateado fogo nos próprios cabelos – ou seja, ela obviamente acreditava em coisas malucas. Mas Jenny frustrou meu plano quando virou minha amiga. Ela estava sempre por perto. Vampiros não fazem coisas humanas banais, como, digamos, comer ou respirar. No lance de comer eu poderia dar um jeito, já que meu horário de almoço não era o mesmo da Jenny, e eu não me sentia muito tentado pelos hambúrgueres congelados que eram vendidos em máquinas sem refrigeração perto da sala de descanso. E a respiração? Não dava para abandonar esse hábito. E, para falar a verdade, eu até que tentei.

Mas a Jenny não estava sacando as dicas. E eu certamente não podia dizer na cara ela: "Sou um vampiro". Por causa da obsessão dela por coisas fantásticas, eu estava esperando que ela viesse me pôr contra a parede – "Você é um vampiro, não é? Eu sei que é!" – e me deixasse fazer aquele ar misterioso de indiferença do Chauncey Castle. Mas ela não estava fazendo nada disso.

Outra razão que me fez dar um tempo na minha aventura vampiresca foi a seguinte: eu conheci uma menina.

Durante minha primeira semana e meia na Escola de Pelham, não enfrentei o refeitório na hora do almoço, preferindo recuar para o meu lugar favorito, a biblioteca. Como eu era o único aluno do segundo ano a ter aulas de latim avançado com os alunos do terceiro (graças aos meus sádicos professores católicos e seu amor pelas declinações em latim), eu não almoçava com o pessoal da minha classe. Meu horário de almoço era no quarto período, quando a maioria dos alunos do primeiro ano almoçava.

No meu primeiro dia no refeitório, vi uma garota sentada sozinha numa mesa, lendo um livro. Isso me deixou tremendamente desconfiado. Por quê? Porque eu pensei que era uma armadilha para Finbar. Ratoeiras têm queijo, e armadilhas para Finbar têm morenas de cabelo brilhante lendo os melhores livros do *New York Times*.

Apesar das minhas suspeitas, me aproximei da garota. E me senti como minha mãe deve ter se sentido quando se apaixonou pelo meu pai com todos aqueles protetores e a máscara de hóquei. Eu amei aquela menina mesmo com ela de costas para mim, quando tudo que eu podia dizer era que ela usava um xampu bom pra caramba e que tinha passado em todos os exames de escoliose que já tinha feito. Eu tinha que chegar nela. Eu *tinha* de me aproximar. Essa necessidade era maior que minha timidez, minha falta de experiência com garotas e meu medo de derrubar o espaguete do refeitório em cima dela, que seria provavelmente a pior coisa que eu poderia derrubar em alguém.

Quando ela se virou, vi que era linda. Estava de óculos, e atrás deles tinha uns cílios que se podiam contar um por um, como as pernas de uma aranha, e olhos castanhos que absorviam em grandes goles tudo ao seu redor. Em seguida ela voltou para o livro, que, enquanto eu me aproximava, consegui ver: era *A vida de Pi*, de Yann Martel.

– O cara vive – eu disse a ela. – Mas o Richard Parker morre.

A vida de Pi é sobre o sobrevivente de um naufrágio que acaba à deriva num barco salva-vidas no meio do oceano. Ele fica preso lá com um tigre enorme do zoológico chamado Richard Parker. O grande suspense da história é se o cara vai sobreviver no barco, se vai ser resgatado ou se vai ser comido pelo tigre. Então ele fica amigo do tigre, e aí você começa a pensar se o animal vai sobreviver. Eu tinha acabado de estragar a surpresa.

Ela torceu um dos lados da boca. Sempre fico impressionado com pessoas que são capazes de fazer coisas de um lado só, como levantar apenas uma sobrancelha. Com a menina era ainda melhor. Ela tinha lábios fantásticos.

– Eu sei – ela disse.

– Ah... Desculpe.

Eu me atrapalhei com o pedido de desculpas, o que era irônico já que ela disse que eu *não* tinha estragado o final do livro. Mas eu achava que ela é que seria surpreendida pelo meu comentário – e não eu pelo dela.

A menina sorriu, mas voltou para *A vida de Pi*. Me senti desajeitado ali, parado quase em cima dela. Diga alguma coisa ou dê o fora, Finbar. Lute ou suma.

– Você já tinha lido? – perguntei insuportavelmente alto, animado com a possibilidade de que ela *pudesse* já ter lido aquele livro. A única coisa melhor do que uma menina que lê livros é uma menina que lê o mesmo livro duas vezes. Uma releitora. Essa menina podia ser uma releitora!

– O quê? – ela olhou para cima, e seu cabelo escuro caiu sobre os olhos.

– É por isso que você sabia? O fim? – expliquei.

– Eu leio primeiro a última página – ela sussurrou, se inclinando um pouco na minha direção. Em seguida se escondeu atrás da própria franja, como se tivesse vergonha de ter arruinado o fim do livro para si mesma.

– Inaceitável – sacudi a cabeça. – Isso é uma vergonha, senhorita...

Mexendo a cabeça para tirar a franja dos olhos, a menina virou o livro, que ficou voltado para baixo ao lado da bandeja do almoço. Era um ótimo sinal. Eu havia oficialmente ganhado a atenção dela, mais do que um naufrágio e um tigre.

– Gallatin – ela disse. – Kate Gallatin.

Então ela colocou a mão no lugar ao lado dela na mesa. E eu me sentei, simples assim. Bem, primeiro tive de colocar minha mochila num lugar estranho no chão, e ela bloqueou as pernas de trás da cadeira, então tentei puxar a cadeira mas não consegui. Aí movi a mochila, mas minhas pernas estavam na frente da cadeira, por isso tive de sair para o lado, puxar a cadeira e *então* me sentar. Mas, basicamente, eu me sentei ao lado dela.

– Meu nome é Finbar – falei. – Eu sou, hum, novo aqui.

Tentar o feitiço de vampiro é muito difícil com uma garota linda. Franzi as sobrancelhas enquanto fixava os olhos em Kate pela primeira vez, mas de repente o comentário da Ashley Milano sobre eu estar olhando para o decote dela apareceu na minha cabeça. Eu não queria que a Kate pensasse isso!

Por sorte ela, como todo mundo, ignorou meu olhar intenso e hipnótico.

– Eu sou nova também! – ela disse. – Eu não vi você nas minhas aulas. Você está no primeiro ano?

– Não, é... no segundo – falei.

– Ah – ela sorriu. – Então você repetiu no almoço?

Eu ri alto. Ela era tão perspicaz. Eu teria que aprimorar minhas reações, evoluir dos "hums" e "és" e de ficar repetindo meu nome.

– Não consegui ser aprovado no uso de garfos – falei.

– Alguns caras nunca aprendem a lidar com o polegar opositor – Kate balançou a cabeça.

Ri outra vez, quebrando o ritmo de vaivém de nossa provocação mútua. Ela aproveitou a brecha e disse:

– Provavelmente você só tem permissão para comer aperitivos. Pena que hoje é dia de massa.

– Não conte a ninguém que estou aqui – brinquei. – Você se importaria em esconder um fugitivo?

Ela sorriu. Exceto pelo jeito que as minhas costelas estavam se fechando – como se fossem as paredes de uma caverna e o meu coração fosse o Indiana Jones –, aquela conversa me fez sentir como se eu conhecesse Kate desde sempre.

Só que, é claro, se eu conhecesse essa menina desde sempre, eu não seria um virgem de 16 anos melancólico e cínico que finge ser um vampiro. Mas de qualquer maneira...

– Na verdade – eu disse – tenho que almoçar neste horário por causa de uma aula esquisita de latim que tenho. Quer dizer, é... uma aula de latim avançado.

Talvez os meus conhecimentos de latim fossem uma qualidade sexy.

– Você pareceria mais descolado se insistisse naquela história de "repetir no almoço" – ela disse.

Talvez não.

– É, tá certo – falei. – Mas será que sou descolado o suficiente para almoçar com você?

– Tomara que sim – ela respondeu. – Sou ótima com isso aqui – acrescentou, balançando o garfo. – Posso te ensinar uma coisinha ou duas.

– Vamos ver, aluna do primeiro ano – ameacei, apertando os olhos. Então, fiquei o almoço inteiro sentado com Kate, uma menina inteligente, engraçada, culta e incrivelmente sexy. Eu estava tão animado que *realmente* esqueci como usar o garfo.

Fiquei completamente distraído o resto da tarde, pensando em Kate. Quando a Jenny se aproximou de mim, mal percebi que ela estava me convidando para ir a algum lugar no sábado à tarde. Ainda sonhando com Kate, fantasiando com fazer as palavras cruzadas do *New York Times* juntos, depois de uma sessão de sexo profano na manhã de domingo, concordei com qualquer coisa que a Jenny estivesse me pedindo.

– Legal! – ela disse. – Não se preocupe, não precisamos usar fantasia. E nenhuma das armas é de verdade.

– Hã?

Congelei enquanto ela se afastava alegremente. Ou Jenny e eu tínhamos sido contratados como animadores de uma festa de aniversário com tema de *O senhor das moscas*, ou eu tinha acabado de aceitar um convite para uma orgia sadomasoquista.

No fim da tarde de sábado, peguei a Jenny no meu Volvo e fomos para o 17º Festival de Fantasia da Costa Leste. Para mim, o centro de convenções era como um jardim zoológico, onde os animais andavam livremente, se cumprimentavam, tiravam fotos juntos e tomavam café. Como acontecia sempre que eu ia ao zoológico, eu queria olhar em várias direções ao mesmo tempo. Logo que eu via alguma coisa nova e estranha e ficava tentando entender o que era, outra aparecia de relance, batia as asas ou soltava um guincho, chamando minha atenção. Assim, acabei esbarrando em quatro pessoas – ou criaturas – diferentes nos primeiros cinco minutos em que estava no centro de convenções.

A primeira coisa que me saltou aos olhos foi um cara com chifres retorcidos cor de prepúcio. De longe, a máscara que cobria toda sua cabeça era tão semelhante à cor de sua pele que parecia uma protuberância pertencente a ele.

Dois homens com barba até os joelhos faziam sinal de paz para todos que passavam. Cavaleiros com armadura completa, que dariam para encher a Távola Redonda, levantavam seus elmos para tomar Pepsi Diet. Um pequeno gárgula irritado, coberto de tinta cinza-azulada, andava agachado pelo chão, e acabei tropeçando nele.

– Olha por onde anda, veado – vociferou.

– Credo – eu disse para Jenny, enquanto me punha de pé.

– Ah, qual é, nem todo mundo aqui é agressivo – ela observou.

E tinha razão. Um grupo de meninas de peruca loira e corpete cor da pele me mandou beijos.

Desajeitado, acenei de volta.

– Não é tão ruim quanto você pensava, hein? – Jenny perguntou, entusiasmada.

Um homem de bigode todo suado, de pantufas e com um chapéu verde de Robin Hood, estava bem na nossa frente, brandindo uma espada de verdade bem enferrujada. Seu adversário era um sujeito de quase dois metros, com uma fantasia de dragão feita de feltro. A lâmina errou minha aorta por uns quinze centímetros.

– Caramba!

Fiz uma careta para Jenny, como se estivesse querendo dizer: "É pior do que eu pensava". Mas, na realidade, aqueles loucos que nos cercavam me deixavam com vergonha alheia e também um pouco impressionado. Eu sentia vergonha porque não conseguia me imaginar andando por um lugar público com uma máscara de chifres ou com o corpo pintado. Eu jamais diria a duzentos estranhos que gostava de ler, muito menos que gostava de ler livros sobre bruxas e anões. Pensei no motivo que leva o típico garoto de colégio a escrever "Eu não leio" no item Livros Favoritos no perfil do Facebook. É que, sendo verdade ou não, essa é a resposta segura, conformista. Mas nenhum daqueles estranhos fantasiados era conformista, e era com isso que eu ficava impressionado. Eu estava fascinado com o planejamento e o tempo que tinham gasto com aquelas fantasias, com o entusiasmo dos fãs de *O senhor dos anéis* debatendo questões metafóricas em élfico, com a camaradagem das várias Buffys, de *Buffy, a caça-vampiros*, se abraçando após meses sem se ver. Um dedicado Dumbledore, do *Harry Potter*, havia deixado a barba crescer até os joelhos. Deve ter levado uns dois anos para ficar daquele tamanho. Claro que ele tinha, tipo, uns 70 anos. Acho que, nessa idade, você realmente não se importa com o que as pessoas pensam de você. Ou talvez nenhum daqueles fãs de fantasia se importasse com o que as pessoas pensavam deles. Talvez fosse isso que me impressionava – a capacidade daquelas pessoas de mostrar para quem quisesse ver o lado mais estranho de si mesmas.

Falando de pessoas que mostram coisas estranhas sobre si mesmas, a Jenny continuava me puxando pelo centro de convenções. Ela tinha ido ao festival principalmente para conseguir um autógrafo de Carmella Lovelace, autora de *Sede de sangue*. Infelizmente, Jenny não era a única fã do livro que estava por lá. Quando dobramos a esquina, vimos umas cem pessoas em fila. Cerca de quinze por cento delas eram meninas que usavam um vestido branco indecente para ficar parecidas com Virginia White.

Quando uma das Virginias, usando um decote pouco convincente, viu o livro na mão de Jenny, disse:

– Pode entrar na fila.

– Nós estamos aqui desde o meio-dia – acrescentou outra, que tinha derramado ketchup no vestido para parecer sangue.

Jenny deu um tapa no meu braço enquanto caminhávamos para o fim da fila.

– Ai! O que foi?

– Devíamos ter chegado mais cedo – ela disse, me repreendendo.

– Eu te falei que tenho sensibilidade ao sol – respondi. – Não dava para vir ao meio-dia.

– Não tem sol hoje! – ela retrucou. – Está quase chovendo! E por que você é tão sensível ao sol, afinal? Qual é o seu problema com isso?

Uma loira, com cabelos que pareciam um penacho, saiu da fila e veio na minha direção. Por causa da minha recente experiência com o cara da espada e o dragão de feltro, era compreensível que eu recuasse e desse um gritinho, como uma donzela.

– Oi! – ela disse num tom agudo. – Tudo bem?

A loira me puxou para um abraço, prendendo meus braços ao longo do corpo. Nossa, como as meninas eram simpáticas nesses eventos. Ou era isso ou os bilhetes da minha mãe estavam certos e eu era um garanhão.

Quando se afastou, porém, vi que era a loira do trem. A menina que começou tudo isso ao me confundir com um vampiro. Aparentemente, ela tinha passado do assustador *Terror noturno* para o mais sexy *Sede de sangue*.

– Como você está? – ela perguntou em voz baixa, inclinando-se em minha direção.

Jenny ouvia tudo atentamente.

– Ah, ótimo – respondi com educação. – E você?

– Me desculpe pelo que disse aquele dia no trem – ela falou, com o mesmo tom baixo. – Eu não devia ter revelado quem você era num lugar público. Entendo por que ficou tão bravo. Vou ser mais sutil a partir de agora.

– Ah, beleza, valeu – falei, na esperança de que a Jenny entendesse as dicas daquele papo, mas esperando ainda mais escapar daquela psicopata.

– Há outros aqui? – a loira sussurrou.

– O quê? – perguntei.

– Outros vamp...

– Não – eu disse rapidamente. – Quer dizer...

Um menino de uns 12 anos passou por ali com cara de mal-humorado e as mãos nos bolsos. Ele estava vestido como o Edward Cullen, do *Crepúsculo* – mechas vermelhas no cabelo e um monte de pó no rosto para parecer pálido.

– Não *de verdade* – ela terminou a frase por mim, com a voz baixa e intensa.

– De onde vocês se conhecem? – Jenny perguntou, olhando para a loira como uma criança tentando decifrar a conversa dos adultos.

– Ela sabe? – a menina me perguntou.

Jenny levantou os olhos na minha direção, cheia de expectativa. Me senti incrivelmente sem jeito. Eu estava ainda menos confortável do que na escola com a ideia de explicar para a Jenny sobre meu falso status de vampiro. E explicar o que a loira estava dizendo ia me forçar a fazer isso.

– Nós temos que ir para o fim da fila – falei para a Jenny.

– Finbar! – ela exclamou. – Carmella Lovelace acabou de chegar! Posso ver o cabelão dela!

– Nós realmente devíamos...

Mas era tarde demais. Uma morena agitada havia se juntado ao meu fã-clube.

– É ele? – a morena perguntou, em tom de conspiração. Ela apontou para mim, e fiquei surpreso ao ver que uma luva de borracha havia transformado sua mão numa enorme garra verde.

– Shhh! – a loira disse e começou a dar risadinhas.

– É ele! – a morena de garras afiadas chamou outra garota.

A terceira menina se aproximou bruscamente, com uma força assustadora. Sem dúvida era a única amazona nos subúrbios de Nova York. Ela era uns dez centímetros mais alta que eu. Que nada, devia ser uns dez centímetros mais alta que o Yao Ming.

– O vampiro! – sussurrou, animada.

Foi somente quando a amazona se dobrou para me abraçar – e eu me esquivei – que pude ver a reação da Jenny. Sob as raízes alaranjadas e os góticos fios negros de seus cabelos, Jenny estava de queixo caído. Estava segurando seu exemplar de *Sede de sangue* e ficava olhando da capa do livro para mim. Sua boca não se fechou. Sério, ela poderia ter engolido uma mosca.

Enquanto isso, eu estava no meio de um assustador amontoado de garotas, meus tímpanos inundados por gritos de alta frequência, despojado de meu próprio corpo, que era examinado como se eu fosse um sósia de algum dos Jonas Brothers num shopping center de subúrbio.

– Olha a pele dele! – uma delas exclamou, acariciando meu antebraço.

Outra agarrou o mesmo braço e o virou bruscamente.

– Dá para ver todas as veias – disse, passando a unha pintada pela minha pele até chegar à palma da mão.

Uma sensação de *déjà-vu* tomou conta de mim. Quando isso tinha me acontecido antes? Uma multidão de meninas me apertando, desesperadas para me tocar? Ah, espera aí. Isso nunca tinha me acontecido. Tinha acontecido com o Luke. Talvez fosse aquela coisa de telepatia entre gêmeos. E, claro, nós dois éramos muito desejáveis.

Mas minha vaidade não durou muito. Depois das seis ou sete meninas que se amontoaram ao meu redor, massageando meu ego, vi o primeiro cara.

Meu primeiro pensamento foi que ele estava se juntando às meninas para admirar meu corpo. O que eu acho que aceitaria, desde que ele olhasse, mas não tocasse. Foi então que Jenny gritou, desesperada:

– Finbar! Cuidado!

Ah, merda. Agora eu sabia por que aqueles caras estavam atrás de mim. Eu tinha esquecido que estávamos perto da mesa dos caçadores de vampiros. Aparentemente, naquele universo alternativo, a Buffy não era a única que perseguia vampiros. Havia também rapazes, e até adultos, que os odiavam. Eu sabia disso porque em cima da mesa dos caçadores havia um enorme vampiro de mentira pendurado pelo pescoço. Na última vez que passei por ali, os caras da mesa estavam debatendo animadamente sobre o mérito das correntes de prata e das estacas de madeira como armas mortíferas contra vampiros. Agora eles tinham parado com a teoria. Ali bem perto, estava alguém que tinham esperado durante toda sua vida de fantasia: um vampiro de verdade e bem vivo (quer dizer, morto, mas você entendeu).

E – que merda – o vampiro era eu!

Agarrei a maior coisa que estava por perto para me proteger – a amazona. Na verdade, eu me sentia bastante seguro no meio de todas aquelas garotas. Seguro o suficiente para dar uma espiada atrás da loirinha e ver que as estacas dos caça-vampiros eram de papelão. Uma delas tinha até a etiqueta de preço visível sob uma camada de tinta marrom. Bom, aqueles caras não iam *realmente* me matar. Eu podia me acalmar. Os caçadores de vampiros não eram tão durões.

Mas havia mais gente chegando. Todos os Jacobs se aproximaram, vindos da mesa do Crepúsculo. Nos livros da Stephenie Meyer, Jacob é um cara metido a fortão. Naquele momento, esse fato sozinho já teria me feito acenar uma bandeira branca. Mas acontece que Jacob é um cara metido a fortão... que se transforma em LOBISOMEM. E adivinhe quem é o inimigo mortal do lobisomem? Quem o Jacob quer caçar na floresta e arrancar cada centímetro de insignificante pele pálida?

O vampiro.

É claro que aqueles Jacobs não poderiam realmente se transformar em lobisomens. Mas me olhavam como se pudessem. E, além disso, os Jacobs eram bem mais descolados do que os caçadores de vampiros. Eles eram o tipo de cara que vai a convenções de gente fantasiada para aumentar sua coleção de armas e pegar meninas. E, é claro, para se juntar a uma multidão furiosa prestes a dar uma surra num garoto pálido.

Eu me virei e dei no pé, nervoso, em busca da saída mais próxima. Com os Jacobs envolvidos, a multidão estava chegando bem perto de mim.

Abri a porta de saída com tudo, respirei um pouco enquanto inspecionava o estacionamento e então corri até os fundos do prédio, ofegante como se tivesse acabado de escalar o Everest.

– Eu tenho um compasso! – ouvi um caçador de vampiros dizer na frente do centro de convenções.

Essa não. Era só uma questão de tempo antes que eles multiplicassem dois pi pelo raio do prédio – que era uma cúpula geodésica – e me descobrissem num ângulo de cento e oitenta graus para trás. Peraí. O prédio era uma cúpula geodésica! (Ok, você está certo, um cara que sabe o que é uma cúpula geodésica não deveria zombar de ninguém por usar o número pi. Só para você saber, cúpula geodésica é uma construção que parece uma bola de golfe.)

De repente, me senti livre e leve. Isso porque me lembrei da vez em que os bombeiros de Alexandria foram chamados na nossa escola porque o Luke havia escalado um prédio e estava acampado lá em cima. O prédio era o ginásio coberto, que era uma cúpula geodésica. O que há de fantástico nas cúpulas geodésicas é que você pode subir nelas.

Ok, não é *qualquer um* que pode fazer isso. O Luke consegue escalar, já que é oitenta por cento macaco. Para mim era um pouco mais difícil, considerando que eu não tinha habilidades de escalada e não estava usando nenhum equipamento.

Mas alcancei a base da cúpula e encontrei um apoio para a mão e, em seguida, uma saliência para o pé. Comecei a escalar, estimulado pela necessidade de escapar dos Jacobs, dos caça-vampiros e de todas aquelas fanáticas por *Sede de sangue*. Em primeiro lugar, eu nunca tinha me metido numa briga em toda minha vida. Em segundo, se me metesse numa, ficaria claro que eu não era um vampiro. Eu não tinha velocidade fora do comum, força ou qualquer tipo de coordenação motora.

Além disso, só mais um detalhe sórdido: eu tenho medo de sangue. Eu *detesto* sangue. Essa é uma razão que me faz evitar brigas, esportes coletivos violentos e – imagine só – a série *CSI*, em qualquer uma de suas várias versões. E, se eu desmaiasse ao ver sangue, todo mundo ficaria sabendo que eu não era um vampiro. Ter medo de sangue não era exatamente um ponto positivo para minha reputação. Ou qualquer que fosse a versão vampiresca de reputação.

Ai, por que eu tinha cedido à fantasia da violência? Por que não tentei trazer a paz? Por que não sugeri: "Vamos todos dar as mãos e cantar a canção dos Ewoks de *O retorno de Jedi*! Todas as criaturas são bem-vindas!"? Por que eu tinha que vir a este festival de fantasia? Por que eu pensei que me tornar um vampiro faria com que *menos* pessoas quisessem me bater?

Com muito medo de descer, fiquei agachado no topo da cúpula geodésica por uma hora e meia. Depois de uns vinte minutos, começou a chover. Durante todo aquele tempo, fiquei ansioso ao pensar em meu reencontro com Jenny, em que – eu tinha noventa e nove por cento de certeza – ela ia me perguntar: "Você é um vampiro?" Se minha atitude vampiresca tivesse sido mais convincente, ela teria entendido a mensagem de que eu *era* um vampiro, mas não queria falar sobre isso. Mas eu nunca fui bom em enviar sinais sutis – como mostra meu encontro com Celine, para dar outro exemplo. Em vez disso, todos os meus comportamentos e encontros vampirescos até agora, do feitiço nos peitos da Ashley Milano ao papo sobre drogas da minha mãe, tinham levantado a seguinte questão: "Que diabos há de errado com você, Finbar?"

Eu queria passar uma impressão forte, queria intrigar, fascinar, atrair, até mesmo seduzir. Eu não tinha a intenção de mentir. Eu teria que dizer a verdade a Jenny. E então essa coisa toda ia acabar. Aquele poeta esnobe, T. S. Eliot, uma vez disse: "É assim que o mundo acaba – não com um estrondo, mas com um suspiro". E foi assim que meu mundo de vampiro acabou – não comigo tomando uma surra, mas comigo empoleirado num telhado, ensopado, com as calças caindo. Definitivamente um motivo para suspirar.

Quando a convenção foi chegando ao fim, andei pelo telhado em busca de uma posição acima das portas de saída para ver as pessoas irem embora. Várias pessoas fantasiadas que haviam chegado sozinhas estavam indo embora juntas, parecendo muito aconchegadas. Eu não queria nem pensar no que um cara com casaco de pele e uma menina com cabeça de cabra fariam no primeiro encontro. Espera aí! Lá estava Jenny!

– Jenny! – sussurrei lá de cima.

Ela olhou para cima, sem entender.

– Jenny! – chamei mais alto.

Então surgiu um grupo de caça-vampiros, indo para o carro (uau, um Land Rover novinho; um deles deve ter um trabalho diurno de matar) e eu me escondi de novo.

– Nós assustamos o cara de verdade! – um deles falou, muito satisfeito.

– É isso aí! – concordou outro.

– Toca aqui! – gritavam, bem machões.

Depois que eles passaram, chamei:

– Jenny! Me ajude a descer!

– Finbar? – ela disse e deu um passo para fora da parte pavimentada do terreno. Em seguida, olhou para os sapatos enlameados – e depois para mim, furiosa.

– Que diabos você está fazendo no telhado? – gritou. – E por que você não atendeu o celular?

Apontei para um lugar no chão, perto de uma árvore.

– Meu telefone caiu.

Jenny olhou para mim e levantou uma sobrancelha.

– Minhas calças também caíram – acrescentei, desajeitado, tentando levantar meu jeans de forma sutil.

– E você vai descer? – ela perguntou.

– Estou esperando os Jacobs irem embora!

– Eles já foram – ela disse. – Saíram para comer uns bifes ou algo assim. *Desce*!

Jenny me ajudou a descer do telhado e achou meu celular no meio da lama. Ela até olhou para o lado quando meu jeans ficou preso numa calha. Enquanto caminhávamos apressadamente para o carro embaixo de chuva e eu abria a porta para ela, fiquei pensando que boa amiga ela era. Isso até eu girar a chave na ignição e ela me impedir de sair do estacionamento, segurando minha mão em cima do câmbio.

– Diz a verdade – ela exigiu de maneira dramática, com a voz mais alta que a chuva que batia no Volvo.

– O quê? – reagi, tirando o cabelo molhado da frente do rosto e evitando seu olhar.

– Você é magro – ela começou. – É pálido. Não pode tomar sol.

– Bem, isso tudo é verdade – eu disse. – Mas olha, Jenny, eu não posso dizer que...

As palavras "sou um vampiro" simplesmente não saíam da minha boca. Minha mãe tinha enfiado muitos mandamentos e imagens vívidas das chamas do inferno na minha cabeça. Então, enquanto eu refletia sobre minha católica incapacidade de mentir, uma inspiração divina me acertou em cheio.

– Eu não posso dizer nada – falei com emoção. – Seria muito perigoso.

Se eu dissesse para a Jenny que era um vampiro, queimaria no inferno. Perigoso. Se eu dissesse que não era, poderia se espalhar o boato de que eu estava *fingindo* ser um vampiro, e certamente alguém acabaria com a minha raça por causa disso. Perigoso também.

Jenny estava com os olhos arregalados e a expressão séria. Ela assentiu com a cabeça, sentindo o peso do meu segredo. Obviamente, ela acreditava que aquilo seria perigoso porque eu era mesmo um vampiro. Olhou com admiração para a pele da minha mão, encostada na dela.

– Sua mão está congelada – falou devagar, como se estivesse enfeitiçada. – Uau.

Balancei a cabeça tristemente, como se mãos frias fossem uma parte inevitável da minha vida... ou da minha falta de vida. Mas eu gostaria mesmo de saber por que minhas mãos ficavam tão frias o tempo todo. Talvez eu devesse procurar um médico.

Eu estava coberto de lama e com as calças rasgadas, por isso entrei em casa pela porta dos fundos. Assim que pisei lá dentro, encontrei o Luke brandindo ameaçadoramente uma espátula antiaderente enquanto segurava metade de um hambúrguer pela boca.

– Que que é isso? – perguntei. – Você ia me bater?

– Foi mal – ele disse. – Pensei que tinha alguém invadindo a casa. A paranoia da velha é contagiante.

– Tá, tanto faz – eu disse. – Cadê ela?

– Na missa das sete – ele respondeu. – Onde você estava? E... o que *aconteceu* com você?

Já que escalar uma cúpula geodésica tinha sido ideia do Luke, eu ia acabar louco da vida com ele se contasse sobre minha escalada idiota, minhas calças caídas e meu celular perdido na lama. Então, em vez disso, decidi que era hora de revelar meu segredo. Afinal de contas, meu irmão me ama. Ele aceitaria meu novo estilo de vida. Claro que algumas pessoas achavam o que eu estava fazendo moralmente errado. Alguns meios de comunicação mais conservadores nos consideravam ameaças malignas, caçando crianças, atraindo outros para nosso terrível modo de vida. Mas eu tinha certeza de que meu irmão me aceitaria como vampiro.

– O quê? – ele perguntou quando contei. – Como isso foi acontecer?

Em seguida apertou os olhos, como fazia antes de acabar com um rival no campo de futebol, e perguntou:

– Será que alguém te mordeu, brou?

– O que eu quero dizer é que não sou um vampiro *de verdade* – eu disse. – Jenny, a menina com quem eu estava hoje, pensa que sou. Então eu só, tipo... deixei a coisa rolar.

– Então supostamente – ele disse – você anda por aí com a gente, mas é um vampiro?

– Isso. Essa é a ideia. Quer dizer, é isso que ela pensa.

– E os dentes?

– O quê?

– Ela já pediu para ver suas presas?

– Não! – protestei. – Sou um vampiro do bem!

– Coisas desse tipo surgem do nada – ele continuou. – Como quando a sra. Alexander estava dando aula particular para o Sean O'Connor, e ele teve uma enorme...

– Entendi – interrompi. – Mas, se você não tem presas, elas não aparecem de uma hora para outra.

Luke ficou parado pensando por uns sessenta segundos, o que é um tempo enorme para ele.

– Você precisa ser mais rápido – ele disse.

– O quê?

– Mais rápido. Mais forte. – Luke começou a cantar a música do Daft Punk na versão do Kanye West. – *Harder, better, faster, stronger...*

Lancei um olhar de menosprezo para o meu irmão, na tentativa de impedi-lo de dançar.

– Olha só – ele jogou um pedaço do hambúrguer pela sala para dar mais ênfase ao que dizia. – Vampiros são rápidos. E fortes. Tipo, rápidos e fortes de um jeito anormal. Uma mistura de Usain Bolt e o Incrível Hulk, sacou?

– Seja como for, Luke, eu sou rápido.

– Você precisa ser... – ele bateu as mãos e fez um som de vento cortante.

– Ninguém vai me testar para ver se sou mesmo um vampiro – retruquei.

– Aposto mil dólares – Luke saltou em cima de uma cadeira da cozinha. – Você vai acabar numa situação em que vai ter de ser rápido.

Como eu gostaria de conseguir levantar uma sobrancelha por vez.

– E nessa hora você vai me agradecer – ele disse, sorrindo.

– Agradecer por quê?

– Finbar Frame – ele declarou –, eu vou ser seu personal trainer.

– Meu Deus – revirei os olhos. – Não vai não.

– Vou sim – ele insistiu. – Vou ser seu personal trainer. E você vai virar uma *muralha*. Você vai deixar aquela menina que gosta de vampiros maluca. Qual é mesmo o nome dela? A garota dos vampiros? Sookie?

– Jenny – respondi. – Mas ela não é, tipo, *minha* garota...

– Uma garota – Luke suspirou, nostalgicamente. – Meu Deus, Finn, você é tão mimado. Que merda essa Escola Fordham. Eu não vejo uma menina há um ano e meio!

Decidi que, se o Luke realmente me fizesse malhar com ele, eu me vingaria contando tudo sobre a Kayla Bateman e seus peitos fora do comum. Aí, sim, ele morreria de inveja de mim.

Uma combinação de fatores me levou a usar a palavra "pinto" na aula de literatura.

Fazia um mês e meio que eu estava na Escola de Pelham. E, durante todo esse tempo, fiquei pensando em como os vampiros são criaturas sexuais. Quer dizer, não é por causa do sexo que a moda de vampiros dura há tanto tempo? No passado era o Drácula que seduzia todas aquelas virgens pálidas e perturbadas. Hoje em dia, o rosto pálido e o olhar fixo de Chauncey Castle, em posters de *Sede de sangue* espalhados em todos os quartos do país, fulminam adolescentes na hora de dormir. E as meninas adoram.

Além do fator atração, supostamente vampiros são muito bons de cama. Por isso toda aquela conversa sobre "a única coisa mais dura e poderosa do que as presas de Chauncey Castle". E por isso também toda aquela ação que fazia os peitos da Virginia White "tremerem", "arfarem" e "vibrarem" em cada maldito capítulo do livro.

Francamente, eu não sabia o que *significava* ser bom de cama. Sempre achei que minha primeira experiência sexual seria parecida com meu passeio pelo Túnel do Toque no Museu da Ciência e da Indústria. Um mergulho no escuro. Eu tentaria achar o caminho pelo tato, enquanto pessoas mais experientes ficariam assistindo pela câmara infravermelha e rindo da minha cara. E eu torceria para sair antes que o oxigênio acabasse.

Para falar a verdade, eu me sentia muito incomodado com a ideia de sexo. E não ajudava em nada aquela brincadeira que faziam no St. Luke, em que os caras inventavam termos sexuais ridículos e fictícios, diziam que eram reais porém obscuros e provocavam os outros com eles. Quer dizer, eles geralmente *me* provocavam com aqueles termos, já que eu não tinha coragem de admitir que não sabia o que alguma coisa significava. Johnny Frackas, por exemplo, me chamava na sala de estudos:

– Ei, Frutinha, aposto que você não sabe o que é salsicha virada.

Salsicha virada? Não, eu não sabia. Revirava furiosamente meu arquivo mental com todas as revistas *Maxim* que já tinha roubado na vida, ou tentava imaginar as fotos da minha enciclopédia de anatomia. Eu repassava mentalmente todos os movimentos e posições possíveis – além das perversões – que meu cérebro fosse capaz de gerar e que poderiam ser classificados de salsicha virada.

O verbo "virar" geralmente significa inverter a direção ou a posição de alguma coisa, do lado de cima para o de baixo. Ou vice-versa. Ou, usado no sentido mais atlético, "virar" poderia significar um giro de trezentos e sessenta graus em torno do próprio corpo. Como uma cambalhota. "Salsicha" era bem óbvio. Significava... bem, você sabe. Mas eu não podia dar uma cambalhota com o meu...

– Ei, pessoal! – Johnny Frackas dizia, interrompendo minha longa pausa. – O Frutinha não sabe o que é salsicha virada!

Meu rosto ficava vermelho, e eu não achava resposta para dar. E por que não? Porque eu pensava que todos os caras que estavam ali sabiam alguma coisa que eu não sabia.

Foi assim que um grupo de alunos católicos me ensinou uma importante lição sobre sexo. Tudo que você precisa fazer para que as pessoas pensem que você sabe muito sobre sexo é falar sobre o assunto.

Embora eu tivesse planejado pôr essa teoria em prática e incluir o sexo na conversa – quanto mais gente no papo, melhor –, ainda não tinha encontrado a oportunidade certa. Sempre que eu estava com um grupo de garotos e garotas da escola e alguém tocava no assunto, outro cara fazia uma piada suja e idiota e roubava minha chance, ou eu não percebia que havia uma brecha para falar de sexo até que fosse tarde demais. E, para falar a verdade, eu andava ocupado e distraído, basicamente por exaustão física.

O plano de treino do Luke estava me matando. Ele me acordava toda manhã às 5h45 e começava seu próprio treino de força levantando sessenta quilos – ou seja, tentando me levantar da minha cama quentinha. Em seguida fazíamos uma atividade aeróbica, correndo cinco malditos quilômetros pelo bairro, quando somente pessoas idiotas o suficiente para ter cães estão acordadas. Depois disso, voltávamos para o nosso quarto no segundo andar (e cada porcaria de passo *queimava*. Por que tem tantos degraus nessa nossa maldita escada?). Lá em cima, era tanto levantamento de peso que parecia que estávamos filmando um daqueles infomerciais de aparelhos de musculação. Acho que meu corpo não foi feito para se exercitar. Desde que essa coisa toda com o Luke havia começado, eu tinha sofrido queimaduras de sol (sim, às vezes antes mesmo de o sol nascer. A vida – e os raios UV – são cruéis), dor nas canelas, estiramento no bíceps, torção no tornozelo, irritação na pele por causa do suor e distensão na virilha. Nessa última lesão, Luke tentou administrar os primeiros socorros, e acho que acidentalmente violou algumas leis de incesto do estado de Nova York.

Eu também estava ocupado por causa da Kate. Não, não ocupado *com* a Kate. Preposição errada. Mas tinha me aproximado bastante dela. Almoçávamos juntos quase todos os dias. Ela me contou que queria iniciar um clube de investimentos na escola.

– Dá para ganhar dinheiro com esses jogos de mercado de ações online! – ela disse. – Bem, isso se você ganhar daqueles manés da faculdade de economia.

Eu definitivamente queria ganhar dos manés da faculdade de economia, principalmente para impressionar a Kate. Por isso não ia admitir que era péssimo em matemática. Matemática é o tipo de coisa em que os garotos supostamente são bons. Então peguei na biblioteca o *Guia de investimento no mercado de ações para iniciantes*. Também pedi conselhos ao Matt Katz, já que aparentemente o pai dele era um investidor de sucesso.

– Claro, vou pedir umas dicas para o meu pai – ele me disse. – Ele é bom. Ganhou tanto no ano passado que comprou uma cara nova para minha madrasta.

Enquanto Kate me deixou interessado no clube de investimentos e até fez da matemática algo um tanto sexy, eu recomendei livros para ela e revelei que gostava de poesia.

– Sério? – ela sorriu. – Nunca conheci um cara que gostasse de poesia.

Exceto aqueles veados da Sociedade das Bichas Mortas, completei a frase em pensamento. Foi assim que o Johnny Frackas me chamou depois que meu poema foi publicado na *St. Luke's Lit*: "Um daqueles veados da Sociedade das Bichas Mortas".

– Que poetas são bons? – Kate perguntou. – Você precisa me dizer quais devo ler. Não esqueça que sou iniciante.

– Yeats e Frank O'Hara são demais – comecei. – E H.D. Jeffrey McDaniel é bem engraçado e tal. Mas, se você gosta de rimas e coisas mais tradicionais, não pode perder os sonetos de Shakespeare.

– Shakespeare? – ela inclinou a cabeça com uma cara pensativa dissimulada. – Nunca ouvi falar.

– É um escritor muito bom – sorri. – Não tem o reconhecimento que merece.

E, aliás, foi a poesia que me deu uma abertura sexual (haha). A apresentação que a sra. Rove fez do nosso programa de poesia me deu a oportunidade de falar muita besteira na aula de literatura.

Numa maçante e chuvosa terça-feira em meados de outubro, nossa professora de literatura anunciou:

– Este é o poema "À sua tímida amante", de Andrew Marvell.

A sra. Rove era meio parecida com a Hillary Clinton, só que tinha um utilitário enorme no estacionamento dos professores, por isso ela devia ter um lado gângster secreto – ou um marido que investia no mercado de ações.

Meus colegas pararam de prestar atenção no comércio de drogas que rolava no estacionamento e gemeram em uníssono. Até os alunos do módulo avançado odeiam o programa de poesia. Menos eu, que parei de rabiscar nas margens do caderno e fiquei na expectativa. Era a minha chance de dominar a aula de inglês e exibir minha inteligência e autoconfiança vampiresca. "À sua tímida amante" era um dos meus poemas favoritos! Na verdade, fazia parte do meu gênero preferido de poemas, que poderia ser chamado de "poemas que caras escrevem para que garotas transem com eles". Talvez eu gostasse de poesia pela mesma razão que gostava de rappers inteligentes, como Nas, Talib Kweli e A Tribe Called Quest – porque secretamente eu esperava desenvolver as mesmas habilidades verbais para seduzir uma mulher. Claro que agora eu mal conseguia lembrar meu nome perto de meninas gostosas como a Kate, mas eu tinha mais esperanças de desenvolver habilidades verbais do que os bíceps.

– Sr. Kirkland, por favor, distribua os poemas – a professora gritou. – Sr. Kirkland!

O sr. Kirkland, também conhecido como Nate Caça-Tatu, acordou e distribuiu a pilha de poemas. Ele esqueceu de reservar uma cópia para si mesmo.

– Agora que vocês já tiveram alguns minutos para ler e ter uma primeira impressão – disse a sra. Rove –, alguém pode me dizer sobre o que é este poema?

Ashley Milano levantou a mão.

– A carruagem alada do tempo – disse cuidadosamente – é um símbolo! Significa que... tipo, como todo mundo está envelhecendo rápido.

Ashley Milano conhecia símbolos. Sua inteligência parava por aí, mas ela realmente conhecia símbolos.

– Muito bem, Ashley. Vamos discutir os símbolos mais tarde, sem dúvida – a sra. Rove disse. – Mas alguém pode me dar um resumo do poema? O que o narrador está dizendo? Por que ele escreveu isso?

Matt Katz soltou um enorme ronco, que fez seu queixo se afastar do peito. Foi tão alto que ele acordou. Kayla Bateman suspirava alto, anunciando sua frustração por não conseguir abotoar o casaco sobre os peitos. Jason Burke desenhava um jogo da velha no canto da folha. Apenas Ashley demonstrava algum interesse – que era caçar e esfaquear cruelmente símbolos e metáforas com uma caneta vermelha.

– Qual é a finalidade deste poema? – a sra. Rove perguntou novamente.

Silêncio. Olhei novamente ao redor da sala. Ninguém ia falar nada.

Então eu falei, sem sequer levantar a mão.

– Sexo – disse em alto e bom som.

O ronco do Matt Katz se transformou numa tosse asfixiante. Jason Burke teve que dar uns tapas nas costas dele. Duas meninas que estavam pintando as unhas com Liquid Paper no canto da sala arregalaram os olhos e soltaram uma risadinha. Ashley Milano ficou de boca aberta. Eu nunca tinha visto a garota ficar quieta por tanto tempo.

– Sr. Frame? – a professora disse.

Ela parecia séria, mas também notei interesse em sua voz. Fez um gesto para que eu continuasse.

– O narrador do poema quer sexo – expliquei.

– O quêêê? – Jason Burke exclamou, sem poder acreditar.

– O narrador diz para a mulher que, se os dois fossem viver para sempre, ele faria tudo sem pressa e seria romântico – expliquei pacientemente. – Mas eles não vão viver para sempre, por isso ele não vai fazer nada disso. Ele quer sexo imediatamente.

Dava para ouvir por toda a sala os risos abafados e um suave som ao fundo, um cochicho, sinal de comoção.

– Tudo bem, sr. Frame – a sra. Rove disse. Então ela andou até a frente da mesa e cruzou os braços, como se estivesse me desafiando. – Você pode sustentar essa teoria com alguma evidência do poema?

Segurei o papel na frente do rosto e o examinei criticamente, embora eu conhecesse quase de cor aquele texto. "À sua tímida amante" fazia parte de uma enorme antologia de poemas que eu tinha pedido de presente no meu aniversário de 8 anos. Eu havia lido o livro todo naquela época, e reli o poema depois da puberdade – quando então percebi nele um novo significado.

– O narrador pede sexo diretamente na última estrofe. Ele diz: "Vamos nos divertir enquanto podemos". Basicamente, "vamos transar". E, na segunda estrofe, tenta assustar a mulher dizendo que, se não transarem agora, os vermes vão receber sua "virgindade há muito preservada". Ele acha que a garota é virgem há tempo demais.

– Além disso – continuei –, na primeira estrofe, o "amor vegetal" que cresce é na verdade a ereção do cara.

Por toda a sala, os alunos se endireitaram na cadeira.

– O que significa – acrescentei, sorrindo – que a expressão "mais vasto que impérios" indica muita arrogância por parte dele.

A sra. Rove tirou os óculos. Quando se sentou, parecia que havia me concedido o comando da aula.

– E o título, sr. Frame? – perguntou. – Tenho certeza que tem algo a dizer sobre ele.

Limpei a garganta, consciente de que estavam todos me olhando e, pelo menos dessa vez, gostando.

– Antigamente se dizia "tímida" – declarei. – Mas hoje em dia chamaríamos essa mulher de... provocadora de pinto.

Nate Kirkland ficou paralisado com o dedo no nariz. Matt Katz não só havia acordado, como começou a fazer anotações. Mais tarde vi "ter uma ereção vegetal" escrito em sua agenda como a lição de casa do dia. Jason Burke tinha perdido o jogo da velha para si mesmo. E as meninas da classe? Do jeito que estavam me olhando, qualquer um pensaria que eu não só sei o que é salsicha virada, como faço isso bem demais.

19

– Eu não vou à festa do Yeoman hoje à noite – Jenny disse na sexta-feira, subindo na mureta do corredor onde eu estava sentado terminando a lição de álgebra. Por alguma razão, eu sempre deixava a lição de álgebra para o último minuto. Provavelmente por despeito. Eu odeio matemática – mas não conte para a Kate.

Levantei os olhos. Jenny estava usando uma saia fechada por alfinetes de segurança. Será que eram falsos, como aquelas frutas que algumas pessoas colocam no centro da mesa? Ou eram de verdade? Se eu os abrisse, será que a saia cairia? Às vezes eu tinha pensamentos sexuais involuntários sobre a Jenny. Porque ela estava sempre por perto. E porque sempre tenho pensamentos sexuais involuntários.

– Que festa? – perguntei.

– Do Will Yeoman – ela respondeu. – Sabe o Will Yeoman? Aquele cara que é uma versão idiota do Jason Burke?

– Ah, tá – eu disse, desenhando uma parábola malfeita. Em seguida, olhei para Jenny e ri. – Ele é *mesmo* um Jason Burke idiota.

Jason Burke era loiro, bom nos esportes e inteligente. Will Yeoman era loiro e bom nos esportes, mas um pouco mais tosco, um pouco maior, mais desajeitado e mais burro. Juntos, eles eram uma lição sobre a evolução humana.

– Os pais do Will Yeoman vão estar fora no fim de semana – ela contou, cruzando as pernas na borda estreita da mureta. – Então a festa vai bombar na casa toda, não apenas no porão. A Ashley Milano vai fazer os movimentos de stripper que aprendeu nas aulas de pole dance, e aquele tio bizarro do Will vai comprar cerveja para a gente.

– O tio que ficou amigo de todas aquelas meninas no Facebook? – perguntei.

– É.

– Ele provavelmente vai tentar entrar na festa – eu disse, lembrando que foi por causa disso que eu tinha ouvido falar do Will Yeoman. O tio dele tinha perseguido tanto a Kayla Bateman pelo Facebook que ela tentou denunciá-lo num programa de TV sobre sedução de menores.

– De qualquer forma, eu não vou – Jenny cruzou os braços enfaticamente.

Rabisquei "Finn Frame, álgebra, segundo ano" na lição e fechei o caderno.

Fiz a pergunta que ela queria que eu fizesse:

– Por que você não vai?

O monólogo que se iniciou indicava que ela tinha ficado muito feliz por eu ter perguntado.

– Só vão meninas idiotas que reclamam de como os caras as incomodam, mas as reclamações são *na verdade* uma ostentação muito mal disfarçada de como eles gostam delas – Jenny começou. – Tipo a Kayla Bateman, que vai falar sobre como os caras do último ano jogam comida no decote dela quando a convidam para almoçar, como se fosse uma chateação, mas o motivo de todo esse papo é para ela se gabar porque os caras do último ano a convidam para almoçar e porque ela tem aqueles peitos enormes. Eu odeio quando tudo que uma menina tem na cabeça são meninos.

Isso vindo de uma garota com uma biblioteca em casa cheia de heroínas que usam salto alto e vestido decotado enquanto correm para escapar do perigo mortal. Então tá.

– O Will está, tipo, convidando as pessoas para a festa? – perguntei.

Aquilo acalmou a Jenny, que passou a fazer um discurso sobre como o Will nunca a convidava diretamente para suas festas, mas na segunda-feira seguinte perguntava: "Ei, Jenny, por que você não apareceu?"

– Então acho que eu devo, tipo, *presumir* que fui convidada – ela falou. – Ou ele vai ficar bravo porque eu não fui!

Jenny gostava especialmente da ideia de que o Will ficaria chateado se ela não aparecesse na festa – ou de que ele notaria a ausência dela. Pelo que eu havia percebido na Escola de Pelham, as pessoas meio que ignoravam a Jenny. Todos se conheciam desde que tinham dente de leite, e só achavam interessantes os colegas que tinham passado por grandes mudanças desde aquela época – por exemplo, todo mundo estava *muito* interessado nas enormes mudanças da Kayla Bateman.

Mas, mesmo tendo virado a mais gótica de todas, a Jenny não conseguia se destacar. Todo mundo da escola sabia como ela era – esquisita, pequena e inofensiva – desde o jardim de infância. Quando ela usa camisetas com línguas em chamas ou facas pingando sangue, eles apenas olham para ela e dizem: "Oi, Jenny".

– Oi, Jenny – Jason Burke falou, parando ao nosso lado. – Pode me emprestar sua lição de álgebra?

– Sim, claro! Estou terminando agora – ela respondeu. Ela tem uma paixão muito mal disfarçada pelo Jason Burke, embora sempre diga que "os meninos de Pelham são tããããooo bobos".

– Posso levar para você na sala de orientação?

– Pode. Valeu, Jenny – ele agradeceu, antes de dar no pé. Ela se virou para mim.

– Finn, pode me emprestar sua lição?

No almoço, Kate me perguntou:

– Você vai à festa do Yeoman hoje à noite?

– Festa do Yeoman? Como você fica sabendo dessas coisas? – perguntei, zombando dela.

– Todo mundo sabe – ela respondeu.

– Você está no primeiro ano – falei com desdém. – É muito nova para beber.

– Ah, cala a boca! – ela disse, batendo em mim de leve. A temperatura do meu braço subiu no lugar que ela tocou. – Eu não bebo. E, na verdade, não vou a festas.

Uau! Kate foi corajosa ao dizer isso em voz alta! Fiquei impressionado. Havia pelo menos dez alunos por perto, e ela estava admitindo que não bebia. Era como se eu declarasse casualmente que tinha um testículo escondido (eu não tenho, juro! Só estou dizendo que é considerado bizarro não beber nem ir a festas quando se é aluno do ensino médio. Sem querer ofender os "escondidos").

Por mais que Johnny Frackas enchesse meu saco no St. Luke, eu nunca tinha admitido que não gostava de beber. Inventei tantos amigos imaginários que bebiam para evitar essa revelação que daria para montar um time de futebol. Mas a Kate era tão *descolada*. Ela podia admitir que não gostava de beber ou de ir a festas, e isso não fazia dela uma otária. Só fazia com que ela fosse... *mais descolada*.

– Isso é incrível! – exclamei.

Ela me olhou de um jeito estranho.

– Quer dizer, isso é bom – eu disse. – Esse negócio de você não ir a festas. Festas não são mesmo muito... legais.

– O que eu *ia* dizer – ela continuou – é que, se você não for à festa do Yeoman, deveria ir ao cinema comigo ver aquele novo filme de ação. Parece que os agentes secretos desse filme usam ternos melhores que o do Will Smith em *Homens de preto*.

– Ah, tá – eu disse. Eu estava totalmente na minha, mas, para falar a verdade, a ideia de sair com a Kate em qualquer lugar fora da escola fez com que eu me sentisse pronto para conquistar o Everest. – Isso parece... tá, claro. Tudo bem.

– Então você não vai? – ela perguntou.

– O quê?

– Na festa do Yeoman.

– Nã. Eu ia passar essa mesmo.

– Legal! – ela disse, abrindo uma garrafinha de suco. – Faz séculos que não vou ao cinema. Você pode me pegar?

– Sim, claro – respondi. – Alguém mais precisa de carona?

– Como assim?

– Quem mais vai?

Kate encolheu os ombros.

– Você pode convidar quem quiser.

– Tá, mas... quem você convidou?

– Você.

– Só eu? – o "eu" saiu agudo, e fiz o possível para disfarçar com uma tosse bem trabalhada.

Kate levantou uma sobrancelha.

– Sim.

– Então, é só você e eu – confirmei, tentando fazer minha voz soar mais grave.

– Não se preocupe, não é um filme de mulherzinha ou algo do tipo – ela disse. – Tem um monte de explosões e coisas de homem para você.

Uau. Kate não apenas estava me convidando para ver um filme; ela estava me convidando para ver um filme que escolheu para um *homem*. Então ela pensava em mim como *homem*. Alguém que precisava de sangue, ação e superpoderes. Eu sempre pensei que, se uma garota me convidasse para um filme, seria a mais recente encarnação sentimentaloide de algum livro da Jane Austen. Ok, isso já tinha acontecido. E a "menina" tinha sido minha mãe.

– Eu moro em Larchmont – ela continuou. – Você sabe como chegar lá?

– Larchmont? – respondi. – É, tipo, a quarta cidade depois daqui, não é?

137

– Vinte minutos no máximo. Eu pago a pipoca – ela disse.

– Peraí, você não está num distrito escolar diferente? – perguntei.

A maioria dos alunos da Escola de Pelham morava, como eu, a menos de dois quilômetros dali.

– Troquei de escola, mas meus pais não quiseram se mudar – ela respondeu. – Na verdade eu pago para estudar aqui. Não conte para ninguém, é ridículo.

– Que estranho – eu disse. – Por que você mudou de escola?

– Coisa de nerd – ela disse. – O outro colégio não tinha tantas aulas de matemática avançada – completou, dando de ombros. – Depois eu te mando um torpedo com o meu endereço!

Trocar de escola para ter aulas mais avançadas parecia estranho para mim, mas esse pensamento passou rápido por minha mente extremamente ocupada. Todos os meus neurônios estavam em êxtase e festejando pela alegria de saber que eu, Finbar Frame, ia sair com a Kate.

Aquela noite, saí de casa com o Luke, que estava indo encontrar alguns amigos nos bares da Arthur Avenue, no Bronx, perto da escola dele. Eu teria assassinado meu irmão, bem no estilo Caim e Abel, se ele tentasse pegar o Volvo. Felizmente, ele não precisaria do carro, porque a) poderia pegar o trem e b) ir a um bar encher a cara sendo menor de idade e depois dirigir é cinco vezes mais idiota do que apenas ir a um bar encher a cara sendo menor de idade. O que o Luke já fazia.

– Você tem uma identidade falsa? – perguntei enquanto pegávamos nosso casaco no armário perto da porta.

– Consegui uma ontem – ele disse. – Com um cara do último ano que falsifica documentos no banheiro da escola.

Luke pegou a carteira do bolso e me mostrou a identidade falsa. Era uma carteira de motorista do Alabama, com a foto de um sujeito barbudo.

– Você nunca vai conseguir se passar por esse cara! – ri alto, arrancando a carteira da mão do Luke. – O cara tem o quê, uns 40 anos? Nossa, ele nasceu na década de setenta, ele tem...

– Aonde vocês estão indo? – minha mãe perguntou.

Ela saiu da cozinha segurando o que parecia ser um celular. Luke e eu sabíamos que, na verdade, era uma luz UV portátil que servia para matar germes. Minha mãe costumava nos acordar com disparos de raio laser em bactérias invisíveis no nosso quarto.

– Finn está indo de carro ao cinema – disse Luke. – Eu vou num negócio da Fordham.

– Que negócio da Fordham? – ela quis saber.

– Alguma coisa dos padres da escola – ele disse. – Orações, refrigerantes e salgadinhos. Esse tipo de coisa.

– Eu sabia que a Fordham faria bem para você! – minha mãe bateu palmas com a lanterna UV nas mãos.

Enquanto ela se orgulhava do catolicismo do Luke, abri a porta. Eu estava contente por ela estar prestando atenção no gêmeo mau. Isso me permitia escapar com apenas um "Tchau, mãe!" e evitar o interrogatório que levaria a um milhão de perguntas sobre Kate.

Luke me alcançou na escada alguns segundos depois.

– Orações? – eu ri, desligando o alarme do Volvo a poucos metros de distância.

Luke fez o sinal da cruz antes de seguir a pé até a estação de trem.

– Vou rezar antes de tomar a primeira cerveja. E também vou rezar por você, Finn, pelo seu encontro.

Mais tarde, depois do filme, Kate e eu saímos do cinema lado a lado. Enquanto nos afastávamos da escuridão – e eu ficava abismado com a aparência dela sob a luz renovada –, ela me perguntou:

– O que você achou?

O que eu achei? Eu achei que a Kate combinava perfeitamente com o banco do passageiro do meu carro, pedindo permissão educadamente antes de mudar a estação de rádio durante as propagandas. Achei que ela tinha ótimo gosto musical (ela tirou da música do Nickelback para colocar a nova do Jay-Z). Achei que ela tinha ótimo gosto para petiscos (pipoca com porção extra de manteiga e Fanta laranja), apesar de ter me sentido muito tentado pelo cheiro da pipoca e ter desejado que os vampiros se permitissem pelo menos um M&M de vez em quando. Achei que a Kate tinha uma risada tão maravilhosa que, toda vez que ela ria, eu desejava ter escrito aquele roteiro (apesar de que, na verdade, os roteiristas não tinham a intenção de escrever um roteiro de comédia – era engraçado de tão ruim). Eu estava louco por ela.

– Foi ridículo, para dizer o mínimo – eu disse. – E depois ainda aparece a Miley Cyrus!

– Como pode? – Kate riu. – Quer dizer, ela é a primeira pessoa que o prefeito de Nova York chamaria para combater o terrorismo?

– Não deviam permitir a presença da Miley Cyrus em filmes de ação. Ou em *qualquer* tipo de filme.

– Ei, espere aí – ela sorriu. – É melhor abrir uma exceção para *Hannah Montana: o filme*.

– Ahhh – eu disse, acenando com a cabeça. – Então você era fã da Hannah Montana?

– E daí? – ela respondeu na defensiva. – Aposto que você era fã do Pokémon. Vamos, admita, você era fã do Pokémon.

– Nem por um segundo – respondi.

Anotação mental: esconder três álbuns de figurinhas do Pokémon. Mudar o nome de usuário do eBay de Pikachu4U para... bem, para qualquer outra coisa.

Enquanto eu levava Kate para casa, comecei a ficar um pouco preocupado, porque até agora ela tinha acabado com qualquer tentativa de cavalheirismo da minha parte. Ela mesma abriu a porta do carro, embora eu tenha tentado fazer isso antes dela. Deixei que ela ficasse na minha frente na fila para comprar os ingressos, mas ela acabou sendo chamada no guichê mais distante e, enquanto eu decidia se devia segui-la, fui chamado no guichê mais próximo – e assim ela acabou pagando pelo próprio ingresso. Todas essas coisas me deixaram em dúvida se dava para chamar aquilo de encontro, ou se éramos apenas duas pessoas passando um tempo juntas para evitar o striptease da Ashley Milano numa cervejada lotada. Talvez eu tivesse dado a Kate a impressão de "apenas amigos" quando não abri a porta do carro para ela e não paguei o ingresso do cinema. Ou talvez eu tivesse dado a impressão de "encontro de quinta categoria".

Ou talvez ela fosse militante feminista e pagar pelo ingresso ou abrir a porta do carro teria sido uma ofensa. É, pode crer. Minha babaquice agora era um ponto positivo.

Mas, quando estávamos perto da casa dela, Kate começou a brincar com o zíper do casaco. E pareceu nervosa quando começou a falar por cima da música do Jay-Z que tocava na rádio.

– Ei, Finn, quero te pedir um favor.

Um favor? Acho que posso lhe fazer um favor. Será que ela precisava de mim para um beijo? Para me inclinar sobre o câmbio e tirar a blusa dela? Deitá-la no banco e...

– Você poderia entrar e dizer um oi para o meu pai?

Nossa. Aquilo era totalmente o oposto do que eu tinha em mente. Mesmo assim, respondi automaticamente:

– Claro.

Meus nervos começaram a conspirar contra mim, e foi ainda mais difícil estacionar direito. Eu tinha que causar uma boa impressão no pai da Kate. Ele queria ter certeza de que eu era um cara sensato e confiável... Espera um pouco... Isso era fantástico! Significava que a Kate tinha insinuado de alguma forma que eu *não* era sensato e confiável. Que demais! A Kate não me achava sensato e confiável (ou melhor, ela não *sabia* que eu era sensato e confiável). Ela pensou que eu fosse sombrio e misterioso! Pensou que eu fosse perigoso, o que é um milagre, considerando que fiquei a noite inteira dez quilômetros abaixo do limite de velocidade. Essa coisa toda de vampiro devia estar funcionando!

Ou talvez o pai da Kate pensasse que eu era um tipo diferente de sujeito perigoso. Talvez ele pensasse que eu era muito pior do que um vampiro. Talvez pensasse que eu era um cara mais velho que tinha boas chances de traçar a filha dele. Ele achava que aquilo havia sido um encontro. Praticamente voei do carro para subir os degraus da frente da casa da Kate. Aquilo *tinha* sido um encontro!

Alguma coisa estava sempre me atraindo ao conflito entre o Chris Perez e o Chris Cho. Eu não devia ter me metido naquilo. A situação não se encaixava nas minhas atividades de vampiro, e além disso eu nunca havia trocado uma palavra com nenhum dos dois. Mesmo assim, eu ficava arrumando desculpas para sair mais cedo da aula de física. Tinha até me oferecido para ser o alvo no treino de paintball para poder escapar e ir até o meu armário trocar de roupa. Quando eu chegava lá, assistia, a uma distância de dez metros, o Chris Perez roubar o Chris Cho.

Nas primeiras vezes que assisti, o Perez ficava perturbando o Cho. Puxava o baixinho pela gola do casaco e em seguida o empurrava contra um armário ou a porta do banheiro. Dava um soco de leve no queixo do Cho. Depois começava a apalpar os bolsos da jaqueta do menino, vasculhando até tirar alguma coisa de dentro. Ele agia como se tudo aquilo – o bolso, a jaqueta e a carteira do Cho – pertencesse a ele.

Perez começou pegando dinheiro, qualquer que fosse a quantia que o Cho tivesse. Até que o garoto começou a ficar mais esperto e a carregar menos dinheiro – indo de notas de vinte para algumas de um dólar e, por fim, para dinheiro nenhum. Então o Perez roubou a carteira de couro do Cho. Após dar adeus à carteira, o baixinho começou a trazer, de propósito, alguns objetos – oferendas para o antigo deus Chris Perez. Um CD ou DVD, depois um chaveiro dourado que parecia pertencer a um mafioso, e não a um adolescente de origem asiática. Uma vez vi Cho tentar dar um livro para o Perez – que rejeitou a oferta, virou a mochila do outro de cabeça para baixo, revirou os bolsos do menino pelo avesso e levou o iPod Touch dele.

Depois de algumas semanas do início das aulas, Jenny tinha me contado que o Perez era um mentiroso e que ninguém na família dele era imigrante. Na verdade ele era super-rico. O pai dele era dono do maior resort de Puerto Vallarta, e a mãe era uma loira com peitos falsos. Ela quase tinha sido escolhida para ser uma das donas de casa do programa *The Real Housewives of New York City*. A única parte verdadeira da história triste dele era que a mãe podia ter sido stripper, mas, de qualquer forma, eles nunca tinham passado fome.

Então eu estava obcecado pela briga porque Perez era um mentiroso mimado e idiota que roubava coisas dos outros mesmo sendo rico? Na verdade, não era por isso. Não era nem mesmo o comportamento do Perez que mais me incomodava. Não era o modo como ele se mostrava possessivo, como botava as mãos no Cho de um jeito estranho, quase sexual. Não era a voz que usava quando remexia nos bolsos do garoto – uma voz sedutora e arrepiante, como a que o Harry Potter usava para falar com as serpentes. Não era o elogio que ele fazia quando o Cho entregava tudo que ele queria.

Era o comportamento do Cho que me incomodava. Não dava mais para chamar aquilo de roubo. Cho estava simplesmente entregando todas as suas coisas! Isso me deixava louco – o modo como ele se arrastava pelo corredor de forma submissa, igualzinho ao Dilbert voltando para o cubículo. A maneira como seus ombros ficavam caídos debaixo da jaqueta enorme. O fato de ele nem sequer andar pelo outro lado do corredor. Ele não fugia. Não levantava as mãos para proteger o rosto. Não tentava impedir o Perez de mexer em seus bolsos. Não se protegia. Nem tentava dar um golpe fajuto de caratê ou comprar um spray de pimenta pela Internet. Ele não se defendia.

O que me deixava louco era como ele se parecia comigo.

Durante todo o mês de setembro, assisti àquele assalto pelo menos uma vez por semana. Mas, no começo, ficava a uma distância segura. Tudo bem, o Cho estava agindo como eu agia no St. Luke – mas ele não era eu, e o St. Luke era passado. Eu disse a mim mesmo que não só era muito diferente do Chris Cho, mas também era bem diferente do cara passivo e intimidado que já tinha sido, aquele que não conseguia dar uma boa resposta para o Johnny Frackas. Agora eu era poderoso. Tinha amigos. Eu não só me manifestava como falei "pinto" na aula de literatura. Eu disse para mim mesmo que tinha que parar com aquela obsessão. Mas continuei obcecado. Assim, em outubro, quando Perez pegou o celular do Cho, eu agi.

Cho estava quase chegando à sala de matemática quando Perez abriu com tudo a porta do banheiro e atravessou o corredor em três passos largos. Eu tinha saído da aula, supostamente para pegar o caderno que havia deixado no laboratório, e assistia à cena ao lado do meu armário, a uma distância de três salas.

– Chris Cho – Perez chamou alto. – Amigão. O que você tem para mim hoje?

Por um momento, Cho levantou os ombros, mas em seguida os deixou cair.

– Você não sabe? – perguntou Perez, que se inclinou e ficou bem perto do outro, bufando na cara do menino. – Quer que eu descubra? Isso te excita, Cho?

O baixinho afastou a cabeça da respiração pesada do Perez e disse alguma coisa que eu não ouvi.

– O que foi?

Perez também não tinha ouvido.

– Não tenho nada hoje – Cho repetiu.

– Cho, não se deprecie – Perez respondeu, bajulador. Ele adotou um estranho tom de incentivo com sua vítima. Estava fazendo um discurso de estímulo para o Cho. – Você é cheio do ouro. Você é um garoto de muita sorte, sabia?

– Eu não tenho nada hoje – Cho resmungou novamente.

Mas Perez sabia que ele estava mentindo, pois tinha um tipo de radar interno para coisas de valor. Ele era como um daqueles detectores de metal usados para encontrar moedas na praia. Percebendo que não havia nada que valesse a pena roubar na mochila do Cho, Perez a arrancou das mãos do menino e a arremessou pelo corredor. A mochila caiu a meio metro do meu armário, mas nenhum deles olhou para trás ou reparou em mim. Então Perez remexeu na jaqueta do Cho. Também não havia nada ali que valesse a pena. Perez passou as mãos em torno dos quadris do Cho e basicamente agarrou a bunda dele. Com uma mão, removeu lentamente o prêmio do dia.

O celular do Cho era fino e reluzente, prateado, com tela sensível ao toque e teclado. Era um aparelho muito legal. Valia, fácil, uns 350 dólares. O que o Perez fazia com essas coisas? Vendia? Ou usava, exibindo as coisas do Cho na cara do menino? E o que o Cho fazia quando era roubado? O que faria sem o celular? O que diria a seus pais que tinha acontecido com o telefone?

– Ei – chamei do corredor.

Cho pareceu mais assustado que o Perez. Nenhum dos dois tinha percebido que eu estava lá.

Perez olhou para trás apenas por alguns instantes. O único efeito que eu tinha sobre ele era fazer com que apressasse as coisas. Ele balançou o celular diante dos olhos do Cho e deixou o aparelho escorregar entre o polegar e o indicador para dentro do bolso da própria camisa.

– Confiscado! – disse alegremente, depois se virou para seguir pelo corredor.

Lenta e deliberadamente, recolhi a mochila do chão, andei até o Cho e a devolvi. O tempo todo eu respirava de maneira pesada, me preparando. Então, com uma mudança insana de velocidade, comecei a correr atrás do Perez.

Quando acelerei, ele acelerou. E, mesmo com uma calça jeans enorme cheia de correntes e os tênis desamarrados, Chris Perez era rápido. A calça dele deslizou até as coxas enquanto ele corria. Tive uma visão tão boa da bunda dele que poderia reconhecê-la numa identificação da polícia. A sola do sapato dele chiava no corredor vazio. Mas nada disso diminuía sua velocidade.

O mais incrível, porém, era o seguinte: eu era mais rápido. O corredor era comprido e sem obstáculos, e eu voava sobre o assoalho de ladrilho encerado, o sangue fluindo pelos meus braços e minhas pernas. Dando o máximo de mim, atravessava cinco lajotas a cada passo. Tudo estava nítido, concentrado e trabalhando em conjunto: as mãos e os cotovelos alinhados, os calcanhares se levantando ao máximo, meu corpo me impulsionando para frente mais rápido do que eu poderia pensar ou respirar. Sei que não sou um super-herói. Sei que não tenho poderes especiais. Mas naquele momento eu me sentia como se tivesse.

Chris Perez estava correndo de um lado, ao longo dos armários, e eu estava correndo do outro, junto das portas das salas de aula. Mas então desviei, fazendo uma curva fechada. Quando alcancei o Chris, eu o agarrei pelo ombro esquerdo. Cravei a palma da mão direita no ombro dele e o virei, de forma que ele ficasse de frente para mim. Então, com as duas mãos, eu o empurrei contra os armários.

Quando criança, sempre que eu ia atrás do Luke quando ele se perdia, eu o puxava de volta. Agarrava meu irmão e o puxava para mim, para casa, para a segurança.

Mas, no caso do Chris Perez, eu o empurrei, para longe de mim e contra a parede. Sua cabeça estalou contra a viga de madeira sobre os armários. As correntes do jeans ressoaram ao se chocar contra os cadeados.

Perez ficou surpreso por eu alcançá-lo tão rápido, mas continuava ágil e agressivo. Ele me afastou com um empurrão, mas eu me lancei contra ele imediatamente, segurando seu pescoço com as mãos cerradas. Para manter o resto de seu corpo sob controle, levantei o joelho e forcei seu quadril esquerdo contra os armários. Com a mão que não estava segurando o celular, ele tentou me acertar, mas meus braços eram mais longos que os dele e me mantiveram a uma distância segura. Eu também era mais alto que o Perez, pelo menos dez centímetros, e enfatizei isso olhando para ele de cima para baixo.

– Larga o telefone do Cho – ordenei.

– Vá à merda, Frame – ele respondeu, com a voz rouca por causa da minha mão em sua garganta.

Fiquei um pouco lisonjeado por ele saber quem eu era. Na verdade, aquilo me deu confiança.

– Tá ficando zonzo? – perguntei. – Estou segurando sua jugular. E, já que você é um idiota, vou dizer o que é a jugular. É aquilo que leva o sangue até o cérebro.

Obrigado, sr. Muncher. Nosso professor de biologia do nono ano tinha nos ensinado a localização da veia jugular e também como usar as veias e artérias do pescoço numa briga. Minha vida virou um inferno durante as três semanas seguintes, já que diariamente eu era jogado contra armários enquanto algum idiota como Johnny Frackas fincava as mãos na minha garganta. Lembrei da sensação de estar imobilizado, tentando me livrar, mas ficando primeiro meio zonzo e em seguida completamente impotente, enquanto uma dormência descia pelos braços...

Os dedos do Perez amoleceram. Senti que eles tinham afrouxado perto do meu joelho. O celular do Cho caiu ao lado de seu jeans largo.

De repente, Perez começou a lutar mais uma vez, forçando o corpo para frente. Ele era muito forte e começou a me bater. Sem o celular, ele tinha as duas mãos livres para agarrar meus braços e minhas mãos. Me assegurei de que meu corpo estava longe o suficiente e de que ele não conseguiria atingir meu estômago. Mas continuei concentrado em manter as mãos no pescoço dele.

– Devolva o resto das coisas dele – eu disse.

– Quem se importa com aquela merda? – ele estava ofegante.

O instinto dele era continuar bancando o bonzão. O reflexo dele era recusar. Mas depois ele calou a boca e seu rosto mudou. O maxilar afrouxou. As pálpebras ficaram pesadas. Ele estava zonzo, dava para perceber. E assustado – ele estava com medo.

Eu tinha Chris Perez exatamente onde queria. Eu sentia a adrenalina pulsando, aquecendo minha pele. Estava concentrado e destemido. Eu era perigoso. Era poderoso. Eu tinha sede de sangue. Este era o momento em que meus caninos teriam se projetado para fora. Não aconteceu, mas eu continuava cheio de convicção.

Eu era um vampiro.

12

Em casa aquela noite, sabendo que perseguir e estrangular um cara no corredor da escola poderia me render alguma punição, decidi me adiantar e contar tudo aos meus pais.

– Eu meio que me meti numa briga hoje – declarei no jantar.

Era difícil dizer aquilo de modo casual. Ainda que eu tenha falado calmamente, minha mãe deixou cair a tigela de salada. Ela tinha lido um artigo sobre consumir alimentos produzidos na região e roubou um punhado de verduras do jardim do vizinho.

– O que aconteceu? – ela perguntou, correndo freneticamente para me examinar. – Onde ele te bateu? Você teve alguma concussão? Você não vai dormir esta noite. Paul, faça com que ele fique acordado.

– Ele não acertou seu rosto, Finn – disse meu pai com entusiasmo, me inspecionando em busca de hematomas. – É isso que importa. Pelo menos ele não acertou seu rosto.

– Ele não me acertou em lugar nenhum – eu disse.

– Alguém conseguiu impedi-lo? – perguntou minha mãe.
– Foi um professor que o deteve?

– *Eu* fiz isso! – gritei, frustrado. Por que até meus pais achavam que eu era um banana? – *Eu* parei o cara. Fui *eu* que bati nele.

– Ah, Finbar – minha mãe gemeu e se ajoelhou, impotente, diante da salsinha furtada. – Você está cometendo bullying.

– Ele é um lutador! – meu pai gritou de repente, alto e orgulhoso. – Como seu velho pai!

Isso vindo de um homem que, quando era jogador de hóquei na faculdade, deu uma pirueta tripla para fugir de uma briga no gelo.

– O que você fez com ele? – Luke perguntou, ansioso.

– O cara estava bancando o idiota – eu disse. – Ele estava zoando com um calouro.

Minha mãe recolheu as verduras do chão com uma colher e as colocou no meu prato.

– Você está perdendo o controle, Finbar! – ela disse. – Você mudou. Não se envolve mais com nada! Por que não escreve para o jornal ou para a revista de literatura da escola?

– Talvez eu me associe ao clube de investimentos – respondi.

– Ganância – ela replicou, empurrando a salada contaminada para mim. – Ganância e violência não vão levá-lo a lugar algum, Finbar.

O dr. Hernandez, diretor da Escola de Pelham, levou dois dias para me chamar em sua sala para falar sobre a briga. Fiquei na expectativa durante todo esse tempo. Eu sabia que ele sabia sobre a briga por causa da maneira como tudo havia terminado. O sr. Pitt apareceu quando eu ainda estava impedindo que o oxigênio chegasse ao cérebro do Chris Perez.

– Ei, o que está acontecendo aqui? – ele perguntou.

Recuei imediatamente, mas a coisa toda parecia suspeita. Nós estávamos muito próximos um do outro. Eu estava vermelho e com cara de culpado. Perez estava ofegante e com a calça na altura dos joelhos. Na verdade, agora que penso naquilo do ponto de vista do sr. Pitt, talvez a situação não parecesse suspeita como uma cena de *Vidas sem rumo*, e sim como uma situação de *A gaiola das loucas*. Provavelmente nosso professor não sabia muito bem o que pensar.

Enfim, eu estava na expectativa de um castigo graças à minha cruel educação católica. No St. Luke, os professores eram completamente sádicos. A punição consistia em ficar de pé a quinze centímetros do quadro-negro olhando para o mesmo ponto por meia hora sem se mexer. Se você desviasse o olhar ou mesmo piscasse por muito tempo, ficava mais dez minutos. Depois havia a chamada punição JDD – Julgamento de Deus. Basicamente, os rebeldes tinham de se sentar nos degraus da escola no frio e esperar que um raio os fulminasse por causa da terrível transgressão de usar uma meia de cada cor ou soltar um peido durante a oração.

A Escola Pública de Pelham era completamente diferente. Deus não estava lá para nos julgar. Na verdade, provavelmente havia uma porção de entidades naquela atmosfera – um flamejante deus que odiava porcos para os judeus e os meio-judeus, como Kayla Bateman; um suave e bem-educado deus para os protestantes de camisa polo. Mas os professores não tinham permissão para falar sobre nenhum deles. Além disso, havia aquela curiosa atitude de descontração que eu havia notado no primeiro dia. Não me refiro apenas à soneca. Estou falando da disciplina.

Por exemplo: a escola tinha um professor de teatro que fumava no estacionamento com os alunos e contava para eles sobre seu conturbado divórcio. Quando um celular tocava durante a aula de história, o proprietário não apenas atendia a chamada como levantava a mão e pedia ao professor: "Você pode falar mais baixo por um segundo?"

E teve uma vez que o professor de inglês do segundo ano, o sr. Watts, descobriu que um dos alunos tinha passado as últimas oito aulas esculpindo um elaborado desenho na mesa. A obra de arte era a seguinte frase: "O sr. Watts e o Dickens chupa pica". O professor repreendeu o escultor, dizendo: "Isso está errado!" Em seguida, pegou a faca e entalhou um *m* no fim da palavra "chupa". "Esta oração tem dois sujeitos", explicou. "Você precisa conjugar o verbo no plural." E devolveu a faca ao garoto.

Nosso diretor provavelmente era a fonte de toda essa descontração. Não que ele próprio fosse descontraído – era mais do tipo confuso. O dr. Hernandez ficava na porta de seu escritório entre as aulas, acenando desajeitadamente para os alunos que passavam apressados, chamando todos pelo nome – que não só estavam errados, mas eram bizarros. "Boa tarde, Jarvis", dizia para o Jason Burke. Ou cumprimentava a Ashley chamando-a de "Aster".

Por isso não me surpreendi quando ele me chamou de "Phineas" ao sair de seu escritório para me encontrar na sala de espera, onde eu estava roendo as unhas enquanto aguardava sentado entre as duas secretárias. Depois que ele fechou a porta da sala, perguntou:

– É Phineas, certo?

– Quase isso – respondi, enquanto nos sentávamos.

Eu nunca tinha sido chamado à sala do diretor na minha vida. Era um pouco diferente do que eu esperava. A secretária parecia confusa e meio irritada comigo e, quando o dr. Hernandez me levou para dentro, ele me ofereceu cinco coisas diferentes – café, chá, água, refrigerante e balas de hortelã (será que era uma indireta?) – antes de se sentar.

– Bem, Phineas – começou, pesaroso.

Eu já adivinhava as possíveis punições. Eu seria capaz de aguentar o castigo, que consistia em empurrar uma lixeira grande por todas as salas de aula e esvaziar as latas de lixo menores dentro dela. Poderia até mesmo suportar o colete laranja para delinquentes juvenis que mandam você usar para recolher o lixo. Mas não ficaria muito feliz se o castigo baixasse minha média. Algo me dizia, porém, que o dr. Hernandez não tinha nem mesmo poder para isso.

– Esse tipo de comportamento – ele começou. – Correr pelos corredores. Arremessar pessoas contra os armários. Ameaçar pessoas.

– Sim.

Ele sacudiu a cabeça. Também balancei a minha, imitando o que ele fazia.

– Vejo que você concorda – ele disse, colocando as mãos espalmadas sobre a mesa.

– Concordo, senhor – respondi.

Tudo que ele fez foi citar meu comportamento. Ele não os condenou. Sim, eu tinha corrido pelo corredor, jogado o Perez contra o armário e o ameaçado. Eu concordava com tudo.

– E se você tiver que vir aqui novamente... – ele começou. Uma tosse seca pareceu suficiente para completar a ameaça. Se eu tivesse que vir aqui novamente, o dr. Hernandez tossiria em mim. Depois, ele me olhou aguardando minha resposta.

– Completamente justo – eu disse.

Olhando as fotos emolduradas do dr. Hernandez ao redor da sala, em que ele cumprimentava governantes, políticos locais, oradores de turma e atletas da Escola de Pelham, notei algo que se repetia. O pobre homem sempre parecia um pouco perdido. A expressão no rosto dele dizia: "Que luz brilhante é essa na minha cara e quem é mesmo essa pessoa?" Pobre diretor. Meu pai muitas vezes tinha a mesma cara em nossos álbuns de família. Por que será que meus supostos modelos de conduta masculinos eram tão perdidos?

Então o dr. Hernandez se levantou e estendeu a mão.

– Parece que estamos entendidos, Phineas.

– Acho que sim, dr. Fernandez – concordei.

– Hã?

Quando ele percebeu meu erro, eu já tinha colocado a mochila nas costas e saído pela porta. Eu não culpava o dr. Hernandez por sua falta de ação disciplinar. Se tivesse de dar a ele algum crédito, diria que ele sabia que eu era um bom garoto e que o Chris Perez era um garoto mau, que já tinha se safado bastante. Talvez aquilo fosse uma espécie de "muito obrigado".

E o Chris Perez? Você poderia esperar, como meu estômago nervoso esperava, que ele fosse tentar se vingar me dando uma surra.

Ele poderia ter divulgado entre seus vários seguidores e admiradores por toda a escola uma sentença de morte contra mim. Poderia ter transformado minha vida num inferno. Poderia ter me atropelado (ele tinha apenas 15 anos, mas não sei como já tinha carteira de motorista – Chris Perez tinha tudo que queria). Ele poderia ter me reduzido a uma mísera lombada no estacionamento da escola. E, no entanto, não fez nada.

Ok, ele fez algumas coisas. Resmungou algumas palavras, coisas como:

– Seu pau deve ser pequeno para caber no rabo do Cho.

Mas eu ficava apenas olhando para ele. Como se estivesse esperando. Como se ele devesse ter algum insulto melhor do que aquele para mim.

E então ele desviava o olhar. Ele não gostava quando eu o encarava. Dizia que era porque eu era gay, mas acho que ele estava meio assustado. A última vez que eu havia encarado o Perez, ele tinha perdido a habilidade de respirar. Tinha ficado zonzo. Talvez por uma fração de segundo, imobilizado pelo meu impiedoso e assustador olhar penetrante, ele tivesse acreditado que ia morrer.

Agora eu tinha certeza que ele pensava que eu era um psicopata. O tipo de garoto que, pressionado até o limite, acaba aparecendo na escola com os bolsos do sobretudo cheios de facas. Não era a ideia mais lisonjeira, mas era o que o mantinha afastado de mim.

Quanto aos outros alunos, aquele incidente isolado de violência ajudou demais a minha reputação. Aparentemente, pouco depois da briga, Kayla Bateman começou a contar histórias sobre mim para o pessoal na sala de estudos. A Jenny não gostou daquilo, alegando que *ela* sabia mais sobre mim do que qualquer outra pessoa e que, se alguém tinha que contar histórias sobre o Finbar, devia ser ela. Enfim, Jenny e Kayla já não se davam bem por causa da dicotomia em relação ao tamanho dos sutiãs, e agora começavam uma discussão para tentar provar qual das duas me conhecia melhor. Só isso já provava como a Kayla era ridícula, porque eu tive apenas uma conversa com ela na vida, que foi a seguinte: "Pode me emprestar uma caneta?" "Não. Minha outra caneta explodiu." Mas, de qualquer maneira, em algum momento da Luta pelo Finbar, a Jenny, para mostrar que me conhecia melhor do que ninguém, revelou à Kayla que eu era um vampiro.

Então um dia, em meados de outubro, na frente de um armário que ficava perto do meu, Ashley Milano não parava de falar em como eu não poderia ter realmente pegado o Chris Perez no corredor, como não poderia ter jogado o garoto contra o armário nem ter conseguido estrangulá-lo sem levar uma surra.

– O Finbar não ficou nem machucado, com o olho roxo, *nada* – ela disse. – E daria para ver, porque ele é muito pálido.

– Tem uma razão para ele ser tão pálido – Kayla sussurrou em tom de ameaça.

A Ashley ignorou o comentário.

– E o Finbar nunca teria ganhado. O Chris Perez mata, tipo, umas três aulas por dia para malhar. Ele está em ótima forma.

– Mas eu fiquei sabendo que o Finbar é tipo... *anormalmente* forte – Kayla respondeu.

As duas olharam para mim, espantadas. Acontece que eu estava tendo dificuldade para abrir meu armário, o que era irônico. Quando finalmente consegui, fiz um movimento exagerado e depois me retraí. O que pareceu bem esquisito, é claro.

– O Finbar é bem alto – Ashley admitiu. – Mas os músculos dele não parecem tão desenvolvidos.

– Mas ele tem um reflexo incrível – a outra continuou. – O Finbar consegue *pressentir o perigo*.

– Como assim?

Kayla tirou uma caixinha de Tic Tac do decote e jogou alguns na mão da Ashley antes de prosseguir com a explicação.

– É como em *Crepúsculo* – ela disse. – Lembra quando o Edward para o carro antes que atinja a Bella no estacionamento? O Finbar é *daquele jeito*.

Kayla piscou um monte de vezes.

– Tem alguma coisa errada com seu rímel? – Ashley perguntou.

– Não. Eu estou dizendo que o Finbar é *daquele jeito*.

Ashley engasgou.

– Como...

Ela se inclinou e sussurrou alguma coisa no ouvido da Kayla, que concordou vigorosamente com a cabeça, e as duas deram gritinhos. Em seguida, se voltaram para me olhar.

Naquele exato momento, eu estava desembrulhando um chiclete, que coloquei na boca casualmente. Depois joguei o papel no chão, sem me importar com o lixo.

– Ele é tão descolado – Ashley suspirou.

A segunda reação mais inesperada às minhas ações vieram cerca de uma semana mais tarde, quando eu estava saindo da aula de latim. Era a hora do almoço dos alunos do último ano, e os corredores estavam lotados e barulhentos, com gente discutindo sobre quem ia dirigir e se ainda queriam ir ao Burger King, agora que o cardápio trazia as calorias de cada alimento.

– E aí, Frame!

Ouvi aquilo no meio de toda a barulheira, mas continuei andando pelo corredor completamente na minha. Não respondia quando gritavam "Frame". Frame é o nome de um jogador de futebol, gritado nos vestiários e nos campos. É um nome para lugares cheios de homens suados. Meu irmão, Luke, era Frame. Por isso não me virei para olhar.

Então me dei conta de que o Luke, proprietário e senhor do nome Frame, estava quinze quilômetros ao sul, no Bronx. Aquele Frame que alguém tinha chamado era eu.

O diretor de esportes da Escola Pública de Pelham, o treinador Doakes – um sujeito que tinha levado a noção de autobronzeamento longe demais –, estava correndo atrás de mim com sua cor de abóbora pelo corredor. Juro que pensei que ele ia me derrubar e acabar comigo por ter abandonado os esportes e escolhido a aula de ciências nutricionais. Eu já estava preparando toda uma tese sobre como minha qualidade de vida havia melhorado depois que aprendi os segredos do açaí.

– Frame – ele disse, sério. – Estão dizendo que você é um corredor e tanto.

– Hein?

Estão dizendo? Quem? Ah, provavelmente todos os alunos que ouviram falar que o estudioso de poesia Finbar Frame de alguma forma tinha feito o Chris Perez se borrar de medo.

– Eu adoraria ver você correr – Doakes disse.

Olhei para ele em pânico. Pensei que ele queria me ver correr naquele momento. Dei uma olhada em volta e calculei quantas calouras com rabo de cavalo eu teria que atropelar para provar meu valor atlético.

– O quê?

– Os testes para a equipe de atletismo são daqui a dez dias – ele falou. – Já tenho um monte de velocistas. Caras musculosos. O que eu preciso é de resistência. Caras de longa distância, longilíneos e magros, como você. Com o seu porte. Sacou?

– Saquei – eu disse, com um sorriso sem graça.

– Então você quer participar?

Uma visão de mim mesmo como o pai do bebê de *Juno*, de shorts curtos e ombros ossudos, passou pela minha cabeça de modo perturbador. Qualquer atividade extracurricular que exigisse cuecas apertadas me deixava desconfiado. Em seguida, outro pensamento me deixou preocupado. O sol. Imaginei minha pele pálida suando e torrando ao sol durante três horas todas as tardes. Eu não podia ficar exposto por tanto tempo. Se ficasse, as pessoas começariam a perceber que eu não brilhava como o Edward em *Crepúsculo* nem explodia em chamas como o Chauncey Castle de *Sede de sangue*. Elas descobririam que eu não era um vampiro. Ah, e além disso eu acabaria coberto de brotoejas.

– Eu não me dou... muito bem... com o sol – falei ao treinador.

Ele não me olhou como se eu fosse louco, o que a maioria das pessoas fazia quando eu falava sobre o sol como se nós dois tivéssemos um relacionamento romântico complicado.

– Frame, estou falando de corridas de inverno – ele respondeu, impaciente. – Pista coberta.

– Ah, bom – respirei aliviado. – Claro. Legal.

– Legal! – ele me deu um tapinha nas costas. – Te vejo nas seletivas!

Peraí, o quê? Eu fiquei tão animado por poder evitar o sol que aceitei participar de um esporte do colégio? Nem eu me reconhecia mais. E olha que ainda nem estava usando os shorts curtos.

A melhor reação à minha violência, porém, não foi meu recrutamento forçado para fazer parte da equipe de atletismo do colégio. A melhor reação veio no dia seguinte à briga. Eu ainda sentia algumas dores por causa da corrida inesperada pelo corredor (um triste sinal da minha aptidão física – e da capacidade do Luke como personal trainer), por isso comecei a fazer caretas de dor quando tive de agachar para pegar alguns livros que caíram na frente do meu armário antes do almoço.

– Ei, Tony Soprano – alguém disse.

Olhei para cima e, apesar da dor, sorri. Era a Kate.

– O que aconteceu? – ela perguntou.

Ela estava ao lado da porta do meu armário, e levantei rapidamente para não parecer que eu estava olhando para os peitos dela – o que eu estava fazendo, mas só um pouco e de maneira respeitosa. Ai, meus tendões.

– Ouvi dizer que você está detonando por aqui – ela disse. – Será que devo ficar com medo? – Ela se afastou, fingindo que estava assustada. – Não quero provocar sua ira.

– Nada de ira aqui – levantei as mãos em sinal de paz.

Eu não queria que a Kate tivesse a mesma impressão que o Chris Perez tinha sobre mim – de que eu era mentalmente instável. Isso não era nada atraente.

– Só acho o Chris Perez um idiota – expliquei, dando de ombros.

– Eu também – ela disse. – Outro dia, na aula de química, ele derramou ácido hidroxílico em mim.

– Você está bem? – perguntei. – Você se queimou ou algo assim?

– Ácido hidroxílico é água – ela sorriu.

Ah. Finbar panaca. Como consegui tirar 10 em química no ano passado?

– Mas minha calça ficou molhada – ela continuou. – E tive de pegar uma bermuda emprestada da Audrey Li.

Audrey Li era uma conhecida vagabunda do primeiro ano.

– Ah, então agora você está com sarna? – perguntei.

Kate riu.

– Pois é.

Ela ficou me olhando por um segundo. Então me cutucou no ombro.

– Isso provoca sua ira? – perguntou.

Seu dedo indicador marcou minha pele pálida várias vezes, indo do ombro até a clavícula. Ela ficou repetindo a pergunta, de um jeito propositalmente irritante:

– Isso provoca sua ira? Será que isso provoca sua ira? Estou provocando sua ira?

Eu não me senti provocado. Só fiquei lá, rindo, calmo, enquanto as pessoas passavam pelo corredor, se arrastavam com a mochila nas costas, entravam nas salas de aula, saíam pelas portas. E no meio de toda aquela normalidade, eu me inclinei na direção da Kate, balançando a cabeça, e então algo extraordinário aconteceu.

Ela estava cutucando minha nuca, e então usou os dedos para me puxar em direção a ela. Não havia ambiguidade no que ela estava fazendo, nenhuma dúvida, nenhum traço da hesitação que caracterizava toda a minha vida, especialmente minha vida amorosa.

Kate me beijou.

Meu primeiro pensamento foi: *Ela está fazendo respiração boca a boca em mim!* Esse era o nível da minha experiência sexual. Depois percebi que eu *não* estava tendo um ataque cardíaco. Aquela menina estava voluntariamente pressionando seus lábios contra os meus. E ela não estava sequer tentando esconder o beijo. As pessoas estavam vendo – pela minha visão periférica, percebi metade do fã-clube da sra. Anderson passando. Um monte de caras estava me vendo dar uns amassos como um cafetão.

Depois que todas essas coisas passaram pela minha cabeça, percebi que eu tinha que beijar também.

Eu mal havia começado a mover os lábios quando ela se afastou. Mas eu realmente não pensei que ela tivesse feito aquilo por repulsa. Tenho certeza de que era o jeito normal como se termina um beijo... certo?

– Vamos almoçar – ela disse, como se beijasse caras todos os dias durante o quarto período perto dos armários, para em seguida comer torta de frango. Como se aquilo fosse normal. Em vez de ser o que era para mim... inacreditável!

Alguém pode perguntar: "Ei, Finbar, o que está pegando entre você e o sol? Vocês ainda têm uma treta?" (Sim, agora posso usar a palavra "treta", afinal eu dei uma surra no Chris Perez!)

Bem, a resposta é: Eu não posso derrotar o sol. Posso derrotar o Chris Perez, mas não o sol. Nos primeiros dias de aula, eu andava da minha péssima vaga no estacionamento até a sala de aula. Durante esses dez minutos ao relento, eu não murchava, nem morria, nem nada. Mas sentia um pouco de coceira. E eu não queria ser conhecido como Comichão. Acabaria recebendo a classificação de Intocável, ao lado do Nate Kirkland.

Então peguei os óculos escuros de velho que ganhei do médico e comecei a usá-los para ir à escola. Também usava um casaco de moletom gigantesco que tinha roubado do Luke, puxando o capuz para tapar a cabeça. Por causa desse meu visual incógnito, os skatistas que pintavam os próprios tênis tiravam sarro de mim toda manhã. Eles ficavam sentados em cima dos carros no estacionamento, e estavam sempre lá, por mais cedo que eu chegasse. Para caras que matavam todas as aulas, eles eram ridiculamente pontuais.

– Ei, é o agente nada discreto! – gritavam para mim.

Ou então:

– E aí, Mr. Hollywood!

Eu apenas baixava a cabeça e acenava com a mão, como se estivesse em Hollywood e eles fossem paparazzi inofensivos.

Ao ficar dentro da escola durante o almoço e vagar pelos cantos mais escuros e assustadores nos intervalos das aulas (o que, de qualquer modo, era bem vampiresco), eu evitava qualquer incidente alérgico. Antes que eu percebesse, isso havia virado rotina. E logo chegou o fim de outubro e começou a fazer frio o suficiente para que eu realmente precisasse daquele moletom.

Certa manhã, Matt Katz me disse:

– Eu adoro isso, cara. Quando começa a esfriar.

Ele apontou para fora, para as belas árvores outonais que deixavam cair folhas vermelho-escuras sobre o utilitário da sra. Rove. *Nossa*, pensei. *Matt Katz é mais profundo do que eu pensava. Ele realmente vê o belo na natureza. E em todos os tipos de natureza, não apenas numa certa erva...*

– Legal! – ele continuou. – Agora posso usar minha jaqueta de bolsos grandes!

Ele abriu a jaqueta e mostrou dois bolsos enormes na parte interna. Além de toda a mercadoria escondida lá dentro, que não vou mencionar por razões legais, ele também tinha dois iPods Nano e um monte de balas de leite.

Foi também em outubro que percebemos que nossa professora de física – uma versão drag queen de Albert Einstein – estava ocupada demais fazendo carrinhos de brinquedo colidirem contra a parede e medindo a velocidade para notar se dávamos as caras no laboratório. Um dia Jason Burke, Ashley Milano e Jenny decidiram se aproveitar da situação e ir ao Dunkin' Donuts (ou, como a Ashley tinha apelidado o lugar, Double D) no terceiro período, em vez de ficar desenhando vetores por quarenta e cinco minutos.

– Ei, Finn – Jason me chamou, balançando as chaves do carro, quando eu estava indo para a aula de física. – Vem com a gente para o Double D. Esquece o laboratório.

Eu meio que congelei. Aquilo era um dilema. Por um lado, eu tinha dado duro para me firmar como um cara que, como diriam meus admiradores, "estava se lixando". Finbar, o bonzão que deu uma lição à sra. Rove sobre ereções poéticas, não se importaria se se metesse em encrenca por matar a aula de física.

Por outro lado, aquele dia estava muito ensolarado. O tipo de sol que me faria parecer um leproso bíblico. Eu meio que me importava com aquilo.

– Ah, não, cara – respondi. – Estou bem, valeu.

– Vamos lá – ele disse. – Você não vai se meter em encrenca. Você estrangulou um cara e o dr. Hernandez só, tipo, convidou você para um encontro gay.

– Ele não me convidou para um encontro gay! – eu disse.

– Ele estava sozinho no escritório com você? – ele perguntou.

– Estava, mas...

– Ele te ofereceu algum doce?

– Só uma bala de hortelã.

– Arrá! – ele disse. – Agora a trama se complica.

Jason e eu meio que viramos amigos. Começamos fazendo dupla nos projetos do laboratório de física (até ele começar a matar aula), mas depois ele começou a me contar coisas mais pessoais. Como quando ele estava ficando com a Kayla Bateman e a Ashley Milano. Não as duas ao mesmo tempo, se bem que essa teria sido uma história muito melhor, como aquelas da *Playboy*. Mas ele se revezava entre elas. Primeiro a Kayla, durante algumas semanas, depois a Ashley, por mais algumas semanas. De acordo com ele, as duas tinham prós e contras. A Kayla tinha... bom, dois *enormes* prós, mas, fora isso, era "meio tediosa", isto é, não deixava o Jason fazer nada além de dar uns beijos nela. Já com a Ashley as coisas ficavam bem mais selvagens. Eles tinham dado uns amassos nos lugares mais bizarros da escola, como o banco de reservas do campo de beisebol e a câmara escura do laboratório de fotografia.

– Como você consegue? Ficar com duas garotas? – perguntei uma vez, realmente impressionado. A Kayla e a Ashley eram muito bonitas. Além disso, eram amigas. Será que não percebiam que as duas estavam ficando com o Jason?

– O segredo é o seguinte – ele disse. – Às vezes, do nada, eu paro de ficar com as duas. Então elas ficam loucas da vida e unem forças contra mim. Isso mantém a amizade delas.

Uau. A Jenny tinha razão quando me disse que o Jason era mais esperto do que parecia.

Agora seria difícil recusar o convite para matar aula, e ele e a Ashley estavam me esperando. A Jenny também estava esperando – para ver como eu sairia da situação. Ela sabia que estava muito sol, e acho que quase desejava que eu deixasse escapar meu segredo para provar que sabia mais sobre mim do que qualquer outra pessoa.

– É que... – eu disse – na verdade eu tenho uma coisa que... Eu não posso sair quando está muito sol.

– O quê? – Jason perguntou. – Tipo quando tem eclipse?

– Não, tipo um dia normal – eu disse. – Como hoje. É que... minha pele... reage mal. Ao sol.

A Ashley Milano engasgou. Na verdade foi uma combinação de grito com engasgo. Aquele barulho transmitia um espanto tão grande que eu *sabia*. Sabia que a Jenny tinha dito à Ashley que eu era um vampiro.

Apenas para confirmar o que eu já sabia, a Jenny sussurrou, de um jeito bastante óbvio, para a Ashley:

– Eu te disse.

Jason não percebeu toda aquela fofoca sobre vampiros. Em vez disso, falou:

– Acho que o Finn quer ficar para ver a Kate.

Talvez a Kate e eu fôssemos a grande novidade da escola. Talvez todo mundo estivesse falando sobre nós e especulando sobre o nosso relacionamento. Eu tinha notado algumas pessoas sorrirem quando nos viam juntos duas vezes no mesmo dia, mas a maioria dos alunos do primeiro ano que nos via almoçar juntos parecia supor que, já que éramos ambos novos na Pelham, nos conhecíamos de algum outro lugar. Eu queria que os alunos do segundo ano também falassem de nós e sorrissem quando nos viam passar. "Você está sabendo sobre o Finn e a Kate?" Isso era o que eu mais queria, mais ainda do que que todo mundo pensasse que eu era um vampiro. Era *por isso* que eu queria que todo mundo achasse que eu era vampiro: porque eu queria uma namorada.

– Claro, a Kate do primeiro ano! – Ashley disse. – Ela está muito a fim de você, Finn! Eu li na coluna de fofocas.

– Tem uma coluna de fofocas da escola? – perguntei.

Eu tinha lido o jornal da escola algumas vezes, principalmente para criticar e, assim, acalmar a Jenny, cujos artigos eram sempre rejeitados pelo editor imbecil. E nunca havia notado uma coluna de fofocas. Tinha uma seção pervertida de fotos do tipo "adivinhe qual é a parte do corpo", que constituía a editoria de ciências, mas aparentemente uma coluna de fofocas seria considerada algo inadequado.

– A coluna de fofocas é uma publicação independente – Ashley disse, ressentida.

– Publicada por você mesma – Jenny zombou.

– Na parede do banheiro das meninas – Jason acrescentou.

– Como você sabe? – perguntei ao Jason, mas então percebi que ele e a Ashley estavam trocando olhares culpados e não insisti no assunto.

– E, tipo, nada na sua coluna de fofocas é verdade – Jenny disse com todas as letras, cruzando os braços.

– Vamos nessa – Jason disse, jogando as chaves do carro para cima e agarrando-as com uma mão. – Finn, aproveite a Kate.

E acrescentou em voz baixa, ao passar por mim:

– Recomendo a terceira cabine do banheiro das meninas.

No laboratório de física, tive que fazer um monte de vetores sozinho. E embora "vetor" soe como algo que os super-

-heróis atiram com os olhos, eles não são tão legais quanto parecem. Para falar a verdade, são apenas setas que você desenha no papel. Mas eu não me importava. Estava de ótimo humor, porque todos sabiam que a Kate e eu estávamos juntos. O que significava que era verdade que a Kate gostava de mim, e não algo que eu havia inventado na minha mente desesperada.

Bastava apenas uma pequena dose de autoconfiança para me levar às alturas, já que eu não estava habituado a ter nenhuma. E eu estava intoxicado de autoestima quando me encontrei com a Kate perto do armário dela para o almoço.

– *Lolita*! – eu disse, ao ler o título do livro que ela segurava.

Como parte de sua missão de ler os clássicos, Kate havia escolhido *Lolita*, de Vladimir Nabokov.

– Uma história clássica e atemporal sobre um velho tarado – declarei, como um professor universitário.

Ela riu e disse:

– Na verdade estou tendo dificuldades para ler este aqui.

– Ficou com nojo? – perguntei.

Kate guardou o livro, cuja capa tinha uma foto muito imprópria de uma menininha de saia xadrez com os joelhos expostos.

– Nã – ela deu de ombros e sorriu. – Eu gosto de homens mais velhos.

Uau. Ela gostava de mim. Gostava mesmo! Eu, Finbar Frame, era um garanhão. Mesmo que o refeitório estivesse servindo "caçarola de macarrão" no almoço, hoje era um grande dia.

Só então notei, pela primeira vez, uma foto no armário dela. Era de uma menina com o cabelo bem comprido. E era muito parecida com a Kate. Por um segundo, pensei que ela tinha uma irmã gêmea também. Ela não era apenas inteligente, linda e esperta – também tinha uma irmã gêmea, como eu! O mais estranho era que, assim como eu, Kate tinha uma irmã gêmea que era seu oposto. A menina da foto estava usando uma saia supercurta e salto alto. Estava com a língua para fora e parecia bêbada. Nada parecida com a Kate, que era descolada e tranquila.

– É sua irmã? – perguntei, apontando para a foto.

– Ah – Kate olhou para cima. – É... uma amiga da minha antiga escola.

Ela fechou o armário rapidamente, parecendo perturbada. Eu não liguei e a acompanhei até o refeitório.

No almoço, algo estranho, mas até que legal, aconteceu.

Primeiro, um dos skatistas veio até mim na fila do almoço enquanto eu escolhia um refrigerante e disse:

– Ei, é a LC de *The Hills*!

– Eu nem estou usando meus óculos escuros – respondi.

– Tanto faz, cara – o skatista zombou.

A Kate estava na minha frente, se servindo de um pouco de espaguete com almôndegas.

– O que foi aquilo? – perguntou, apontando para o skatista.

Eu tinha contado à Kate que não podia ficar exposto ao sol, mas tinha tentado fazer isso soar do jeito mais macho possível. Como se eu tivesse passado tanto tempo escalando montanhas com meus poderosos músculos expostos e chegado tão perto do sol que minha resistente pele de crocodilo tinha aguentado tudo que podia. Para manter essa impressão, eu tinha evitado encontrar com ela usando meus óculos escuros hollywoodianos.

– Esses caras curtem meus óculos escuros – falei.

– Que óculos escuros? – ela perguntou.

Deixa para lá.

Ok, essa não foi a coisa legal que aconteceu. A coisa legal aconteceu depois que a Kate e eu nos sentamos com nossos espaguetes e duas calouras vieram até a nossa mesa.

– Oi, Finbar – disseram, rindo em uníssono.

– Humm...

Como aquelas meninas sabiam meu nome? Eu nunca tinha visto nenhuma delas antes. E as duas estavam usando calças extremamente apertadas. Não que isso seja relevante, mas onde as meninas encontram calças tão apertadas?

Enfim, cada menina estendeu um pedaço de pão de alho na minha direção.

– Quer um pedaço de pão de alho, Finbar? – perguntaram.

Só para dar uma ideia da cena, as duas fizeram a pergunta da mesma maneira que alguém diria: "Precisa de ajuda com essas calças, gata?"

Olhei para a Kate e encolhi os ombros. Embora ela parecesse se divertir com aquilo, eu disse para mim mesmo que ela estava disfarçando o ciúme com uma mordida de almôndega. Ou talvez ela soubesse que eu nunca daria bola para uma menina que usava calças tão apertadas.

– Pão de alho? – repeti.

– É – disse uma delas. – Gostoso e *cheio de alho*.

– Ah. Humm... não, obrigado – respondi.

Ela avançou com o pão bem na minha cara. Recuei, afastando a cabeça para trás.

– Tem certeza? – ela perguntou.

– Tenho – eu disse. – Mas obrigado mesmo assim.

Eu não tinha a menor ideia do que estava acontecendo até ouvir a conversa das duas enquanto se afastavam.

– Ele ficou totalmente apavorado com o alho! – uma delas gritou, extasiada.

– Ele é *mesmo* aquilo que disseram que é!

Um vampiro! Eu era *mesmo* um vampiro! Enrolei o espaguete no garfo, triunfante. A Jenny ficou sabendo que eu era um vampiro e contou para a Kayla Bateman. A Kayla Bateman contou para a Ashley Milano. E a Ashley Milano provavelmente publicou aquilo na parede do banheiro. Agora até as meninas do primeiro ano sabiam que eu era um vampiro.

Olhei para Kate, que estava calmamente bebericando seu chá verde, como se estivesse sentada numa porcaria de jardim zen. Como se não estivesse sentada na frente de uma arrepiante besta sanguinária que fazia o coração dela acelerar mais do que qualquer outra coisa. A Kate não sabia que eu era um vampiro. Não tinha sequer *ouvido falar* que eu era vampiro. Por que ela não escutava as fofocas? E, mais importante, por que ela não usava a terceira cabine do banheiro das meninas?

A almôndega no meu prato despertou uma nova ideia na minha cabeça. Talvez porque eu me alimentava de comida humana na frente da Kate todos os dias, ela não acreditasse que eu sobrevivia graças ao sangue das minhas relutantes vítimas. Droga de almoço. Droga de caçarola de macarrão. Droga de dia do cachorro-quente. Droga de humanidade essa minha!

– Acho que aquelas meninas estão a fim de você – Kate observou calmamente.

– Acho que não – eu disse, girando o espaguete no garfo de plástico. – Eu não daria ALHO para alguém de quem estivesse a fim. Parecia que elas queriam ver como eu reagiria ao ALHO. Tipo, como se eu fosse alguém com problemas com ALHO.

Kate deu de ombros, sem notar nada, e parecendo que não tinha nem um pouco de medo de mim.

Quando voltei com a Kate, Jenny estava esperando do lado do meu armário. Ela parecia um pouco chateada, e fiquei imaginando se a Ashley Milano teria ficado durante todo o passeio ao Double D falando para a Jenny quantas calorias havia no chantili.

– Você almoça com a Kate, tipo, todo dia? – ela perguntou depois que a Kate foi embora.

– É, basicamente – eu disse.

– Mas você não encontra com ela *fora* da escola, encontra? – ela perguntou.

– Às vezes – respondi. – Viu, nós ainda temos que ler aquele livro da gueixa para a aula de inglês?

– Sabia que ela usa calça de moletom por cima do jeans? – Jenny falou.

– A gueixa? – perguntei, intrigado. – Pensei que usavam aqueles quimonos vermelhos...

– Não! – ela replicou, impaciente. – A Kate. Estamos na mesma turma de queimada, e ela não troca de roupa. Só coloca o moletom em cima do jeans.

– Ah, tá – falei.

– O que provavelmente significa que ela fica, tipo, *muito* suada – Jenny continuou. – Ela deve ficar muito nojenta.

Fechei meu armário e coloquei a mochila nas costas.

– Acho que não – disse.

Enquanto caminhávamos pelo corredor, Jenny falou, sem olhar para mim:

– Eu não acho que ela entenderia você.

– O quê? – olhei para ela.

– Você sabe – ela apontou para o meu rosto e em seguida colocou os dois dedos indicadores virados na frente da boca. Presas. Ou uma morsa.

– Acho que ela não entenderia *o que você é*.

Ah, tá. Eu era um vampiro. Bem, eu não estava preocupado se a Kate entenderia isso. Eu queria que ela descobrisse! Por isso não liguei para a preocupação da Jenny.

– Além disso – ela acrescentou, ressentida e desviando o olhar outra vez –, a Kate tem, tipo, uns dois quilos a mais do que aquele jeans aguenta. Por isso é bom mesmo que ela cubra aquilo com uma calça de moletom.

Enquanto andava com a Jenny até a sala de aula, fiquei pensando sobre sua estranha obsessão pelo jeans das pessoas. Ela estava sempre dizendo que as outras meninas eram muito gordas ou muito magras para o jeans que usavam. E o mais estranho era que ela sabia se o jeans era grande ou pequeno em *quilos*. A Kayla Bateman tinha três quilos e meio a mais do que seu jeans aguentava, de acordo com a Jenny. Como diabos ela sabia disso? Quanto à Jenny, ela tinha que comprar jeans especiais do Japão, feitos para meninas asiáticas sem bunda. É, eu fiquei sabendo disso.

Enquanto Jenny mexia em suas pastas e cadernos – todos com ilustrações do *Eragon* – com cara de brava, eu me senti mal por ela. Por menos machão que eu possa parecer, às vezes fico feliz por ser homem. Isso significa que eu nunca tenho de ficar com raiva por causa do jeans dos outros.

Era a noite depois do Halloween, que eu havia comemorado discretamente vendo um filme de terror com a Jenny, dizendo para ela: "Não entendo por que tanta comoção com essas coisas, com presas e monstros", e também mandando torpedos para a Kate enquanto ela distribuía doces com seus pais, e evitando a festa à fantasia da Ashley Milano com o tema reality shows.

Na hora do jantar, minha mãe anunciou:

– Luke está indo mal em matemática.

Ele estava com metade de um hambúrguer enfiado na boca, mas conseguiu se expressar revirando os olhos.

– Como assim? – meu pai perguntou, desinformado como de costume.

– Fui até a escola hoje para falar com o professor do Luke – disse minha mãe. – A média dele é 5,6.

– E qual é a nota máxima? – meu pai perguntou.

Estava na cara que meu pai tinha entrando na Universidade de Boston apenas porque era atleta.

– Eu odeio provas! – Luke finalmente engoliu e falou. – São tão idiotas. Eu não deveria ter que escrever um parágrafo na prova de matemática. A única coisa boa em matemática é que não precisa escrever.

– Se ele não aumentar a média para 8 – minha mãe continuou –, não vai poder jogar basquete no inverno.

Meu pai engasgou. Minha mãe tinha tanta lágrima nos olhos que parecia que tinham parado de fabricar desinfetante. Era um problema gigantesco. Onde mais o Luke poderia usar seu talento para derrubar as pessoas, correr feito um maluco, quebrar o nariz dos caras e ainda fazer tudo isso parecer um acidente? Se ele não pudesse mais praticar esportes, sua única escolha seria se juntar à máfia.

– Em que turma de matemática você está? – perguntei ao Luke.

– Matemática B – ele respondeu.

– Finbar, você poderia estudar com ele? – minha mãe perguntou, inclinando-se na minha direção. Ela apertou meu braço como se fosse o Leonardo DiCaprio e eu fosse um bote salva-vidas.

– Eu não tive matemática B – respondi.

– E seus colegas? – ela perguntou.

Pensei na minha turma de álgebra. Acho que a maioria dos alunos tinha tido matemática B no ano passado. Mas, atualmente, todo mundo estava bem perdido em matemática. O Matt Katz provavelmente era o melhor na matéria, mas estava ocupado demais tentando ressuscitar o Tupac para ajudar o Luke. Em termos de pessoas para quem eu não acharia esquisito pedir para ir até a minha casa estudar com o meu irmão, a que eu conhecia melhor era a Jenny, mas ela só conseguia tirar 8 graças ao esforço mútuo do seu pai estatístico e de mim.

Claro, tinha a Kate. Ela adorava matemática. E estava tendo matemática B agora mesmo, ou seja, estava estudando exatamente a mesma coisa que o Luke. Na verdade, ela seria uma professora tão perfeita para ele que me senti culpado por não sugerir o nome dela. Mas eu não estava pronto para apresentar a Kate à minha família. Eu estava quase tão preocupado que minha mãe fosse assustar a Kate quanto que meu irmão bonitão fosse atrair a atenção dela.

Meu pai se virou para o Luke e disse:

– Você só precisa ter foco...

Luke engoliu a última batata frita e levantou para jogar no lixo o resto de comida do prato. Começou a cantarolar em voz alta para abafar a conversa. Acho que era uma música do R. Kelly.

– Paul, é difícil para ele – minha mãe disse, baixinho.

Luke começou a cantarolar mais alto, como se gritasse de boca fechada. É, ele estava mesmo cantando "Trapped in the Closet".

– Então talvez a gente devesse procurar um novo medicamento.

– Não! – Luke gritou, jogando o prato no escorredor ao lado da pia com tanta força que ele ficou balançando perigosamente.

– Luke, o prato! – minha mãe gritou.

Ele pegou o prato e se virou em nossa direção.

– Eu odeio aquele remédio!

– Querido... – a voz da minha mãe estava tranquila, tentando acalmá-lo e preservar a louça do casamento que de alguma forma tinha sobrevivido à infância de seu filho selvagem.

– Eu não vou ferrar com o meu coração de novo – ele disse. – Porque aí não vou poder praticar esporte nenhum. Deixem que eu me viro com isso.

– Luke... – minha mãe tentou.

– Não!

O pior pesadelo da minha mãe se tornou realidade: Luke jogou o prato no chão. Infelizmente, ele não se quebrou em milhões de pedacinhos, o que teria sido muito mais emocionante de ver. Em vez disso, trincou, e a parte de cima caiu no ladrilho da cozinha. Não me entenda mal: mesmo assim minha mãe começou a chorar, mas não foi tão legal de ver.

Luke voou para o quarto, enquanto eu assistia a tudo aquilo com espanto. Geralmente ele subia os degraus com seus passos cheios de suor e feromônios e endorfinas, cantando uma música da Rihanna com toda a força de seus pulmões. Nem sempre o Luke tinha sido uma criança fácil de educar, mas sempre foi alegre. Enquanto eu costumava ser mal-humorado, irritado e propenso a me trancar no armário, exibindo vários indícios de um futuro serial killer, Luke estava sempre se movimentando, sorrindo, sempre feliz, sempre ocupado. Mas é claro que o Luke era feliz, eu pensava. Ele era bom nos esportes, popular entre as meninas e tinha um bronzeado e tanto. Dava para não ser feliz desse jeito? Agora, pela primeira vez, eu questionava se ele era feliz porque tinha *decidido* ser. Eu me perguntei isso porque, pela primeira vez, percebi que, com suas notas, seus medicamentos que não funcionavam e sua frustração por não ser capaz de ficar sentado, talvez nem sempre tenha sido fácil para o meu irmão ser quem ele era.

14

Na primeira segunda-feira de novembro, nenhum de nós matou a aula de física. Mais tarde, porém, muitos desejariam ter feito isso.

Nossa professora, drag Einstein (daqui em diante chamada apenas de Einstein, para resumir), tinha deixado todo mundo animado por causa daquela aula em particular. Era uma competição entre as duplas para ver qual delas conseguia construir a melhor montanha-russa usando peças de plástico. Depois de terminar a construção, cada dupla tinha de fazer com que carrinhos percorressem os trilhos. O que, você pode perguntar, faz de uma montanha-russa melhor que as outras? Basicamente, as duplas ganhariam pontos extras para cada incremento: um pico bem alto, uma curva superfechada e, o que era imbatível, o looping. Ah, e você perdia pontos pra caramba se seu carro saísse dos trilhos, pois isso significava que seus pilotos haviam morrido. Mas você não perdia *todos* os pontos, o que mostrava bem como nossa professora era sádica.

E vou te falar: quando você está construindo uma montanha-russa, é difícil pra burro não matar pessoas. Na verdade, depois disso fiquei com medo de andar de montanha-russa. O Jason Burke e eu éramos um fracasso completo para fazer curvas fechadas e o looping. A curva fazia nosso carrinho sair voando violentamente pela sala, e o looping teve como único resultado a queda em linha reta do nosso carro. Então decidimos nos concentrar em apenas um pico bem alto e batizar nossa montanha-russa de Everest. Nosso projeto tinha a ver com marketing.

Infelizmente, não conseguimos ter sucesso nem mesmo naquele único pico. Toda vez que o carro se aproximava da parte mais alta, acabava voltando de ré. Mas pelo menos ninguém morreu.

Na mesa ao lado, Matt Katz estava construindo uma montanha-russa épica chamada Terror das Tripas. O nome era bizarro, mas o lema da montanha-russa era simples: "Você vai pôr as tripas para fora". Na equipe do Matt Katz, ele era o visionário, e Kayla Bateman, sua parceira, fazia o trabalho sujo. Para começar, ela teve de fazer a contagem de todas as peças de que eles precisavam para construir a obra-prima do Matt. Então, depois de descobrir que faltavam quarenta peças, teve de roubar o restante dos outros grupos. Cada dupla podia ter no máximo cinquenta peças. Deixei a Kayla pegar cinco das nossas. Ela conseguia ser bem persuasiva às vezes.

– Muito bem! – Einstein acenou da frente da sala. – Agora a montanha-russa de vocês já deve estar funcionando. E vocês já devem ter anotado a velocidade média do carro.

Fiz uma careta para o Jason. Ele deu de ombros.

– Vou ficar olhando para ver se os carros saem dos trilhos – ela continuou. – Chegou a hora!

Matt Katz instruiu a Kayla:

– Fique no fim da montanha-russa para pegar o carrinho.

– Coloquem os carros no lugar. E quando eu apitar... vão!

Jason deu uma mexida no nosso carro no início dos trilhos. A Everest ganhava impulso com uma série de pequenas colinas.

– Vão!

Jason e eu começamos a gritar sem parar, seguindo o carro com os olhos, como se fosse uma bola de boliche.

– Vai! Mais rápido!

O carro nos desobedeceu na mesma hora. Mal começou a subir o pico, parou e voltou preguiçosamente para trás, como um velho se afundando no sofá.

Jason suspirou.

– Será que vamos tirar zero?

Dei de ombros.

– Nós não matamos ninguém.

Viramos para o lado para ver a Terror das Tripas, em que o carrinho ainda estava percorrendo o trajeto, pois ela era enorme graças a todas as peças roubadas. Matt estava assistindo àquilo como um maluco, com o rosto vermelho e os punhos fechados.

– Isso! – ele gritava cada vez que o carrinho fazia uma curva. – É isso aí!

Quando o carrinho ultrapassou um pico, o Matt Katz gritou tão alto que a turma toda se virou para olhar. E Einstein estava adorando aquilo. Ela assistiu maravilhada quando o carrinho fez o looping – e não caiu!

– Você merece um 10, sr. Katz! – drag Einstein proclamou.

Matt Katz ficou extasiado. Ele estava tão empolgado que esqueceu da Kayla, que ainda estava esperando no fim da montanha-russa. Ela não estava muito interessada no looping e não prestou atenção suficiente para perceber que o carrinho tinha ganhado muita velocidade. Como qualquer aluno de física sabe, velocidade é aceleração em determinada direção. E a aceleração daquele carrinho estava direcionada exatamente para o rosto da Kayla Bateman.

Percebi que o carro estava prestes a voar na cara dela e me encolhi. Ashley Milano também percebeu e engasgou, mas nenhum de nós era tão rápido quanto a Terror das Tripas, que arremessou o carrinho bem na cara da Kayla.

Instantaneamente, ela levou a mão à maçã do rosto, onde o carro tinha batido. A maioria dos alunos começou a rir, e alguém disse: "Pena que não bateu nos peitos. Ela não ia sentir nada". Apenas sorri, porque, na minha vida pré-vampiro, provavelmente a vítima teria sido eu. Ainda assim, era ridículo ser ferido por uma coisa chamada Terror das Tripas.

Em seguida, a Kayla baixou a mão e todos nós vimos que a) ela estava chorando e b) ela estava sangrando. Havia um corte profundo abaixo dos olhos dela e o sangue vermelho e brilhante escorria pelo rosto, misturado às lágrimas. Ela também tinha sangue na mão. Fiquei enjoado, o que provavelmente fazia de mim alguém bem parecido com os pilotos imaginários da Terror das Tripas.

– Você está SANGRANDO! – Ashley Milano gritou.

– Ai, meu Deus. Ai, meu Deus. Vou pegar uma gaze – Einstein falou, correndo para sua mesa.

– Eu estou sangrando? – Kayla perguntou, ansiosa. Em seguida, olhou para sua mão e gritou:

– Ai, meu Deus, eu estou sangrando!

A classe inteira começou a falar ao mesmo tempo e ENTÃO, todos se viraram para olhar para mim.

– O que foi? – perguntei. Eu realmente fiz a pergunta, em voz alta. O que eu deveria fazer quanto ao machucado da Kayla? Eu não estava tendo aula de primeiros socorros, que era a única disciplina mais gay do que ciências nutricionais.

Naquele momento, a Kayla também olhou para mim. E deu o grito mais inacreditável do mundo. Sério, um grito de filme de terror, que reverberou pela sala de aula e pelo corredor. Era mais alto do que qualquer alarme de incêndio que eu já ouvi.

– O que está acontecendo aqui? – Einstein perguntou.

Eu também queria saber. Olhei para a Kayla, completamente perdido. Mas, quando a encarei, percebi em seus olhos um medo primitivo, em estado bruto. Onde eu já tinha visto aquele olhar?

Chris Perez. Chris Perez teve medo de mim como ela. Ele teve medo de mim porque eu sou um vampiro.

Kayla não conseguia nem falar. Apontou para mim com a mão trêmula, e Einstein, correndo de volta com uma gaze na mão, perguntou:

– O que foi? O que o Finbar fez?

De minha parte, recuei para mostrar que eu não era uma ameaça. Fiz cada movimento do modo mais "seguro" que podia imaginar. Levantei as mãos para que a Kayla pudesse vê-las, como se estivesse me entregando para a polícia. Cruzei as mãos no peito, como se fosse um árbitro marcando uma falta. Fiquei longe da Kayla, mas continuei olhando para ela. Ainda conseguia ver todo aquele sangue jorrando de seu rosto. Ai, meu Deus, todo aquele sangue que não parava. *Não pense em como isso é horripilante. Não pense em como isso é nojento.*

Mas, a apenas um metro e meio da porta – da minha rota de fuga –, eu desmaiei.

Enquanto voltava lentamente a mim, percebi que estava na enfermaria. Dava para sentir o cheiro de desinfetante e das meninas que fingiam ter enxaqueca para matar a aula de educação física. Também me dei conta de que ninguém mais devia acreditar que eu era um vampiro. Vampiros não desmaiam como donzelas quando veem sangue. Se bem que acabar com o mito do vampiro poderia ser bom àquela altura. Eu queria assustar caras como Chris Perez, mas não queria assustar as meninas. Eu queria *atrair* as meninas.

– Finn? – Jenny sussurrou.

Abri os olhos e pisquei. Ela parecia ainda mais pálida sob as luzes da enfermaria. E parecia muito preocupada, como se eu fosse um personagem de novela em coma.

– Oi – respondi.

– Você está bem? – ela perguntou.

– Estou – eu disse. – Foi mal.

– Você meio que assustou todo mundo – ela falou.

– Eu? – perguntei. – O que aconteceu?

– Não, não, não – ela me tranquilizou. – A Kayla já levou uns pontos. E ela não está mais com medo de você.

– O quê? – tentei me sentar. O sangue subiu à minha cabeça. Meu Deus. – Como assim ela não está mais com medo de mim?

– Ashley e eu explicamos tudo para ela. Você sabe, por que você desmaiou.

– O quê?

Mais uma vez, eu estava completamente confuso. A Ashley e a *Jenny*, minha maior fã vampiresca, tinham dito para a Kayla que eu tinha medo de sangue e que não era um vampiro?

– Isso mesmo – ela explicou. – Nós dissemos para ela que você não... você sabe... que você não *se alimenta* na escola.

– Como é?

– Não é por isso que você não almoça com a gente?

– Humm...

– Então – ela continuou, mais animada –, eu disse a ela que você desmaiou porque está com fome!

Eu tinha de me recuperar rápido do desmaio, porque tinha um compromisso importante na noite seguinte à confusão da montanha-russa. Eu ia jantar na casa da Kate.

Ela alegou que eu tinha de ir porque seu pai cozinhava muito bem.

– Ele comprou um monte de panelas esquisitas e vai fazer comida tailandesa – ela disse. – Você gosta?

Eu era de Indiana. Nunca havia experimentado comida tailandesa.

– Gosto – respondi.

– Legal! – ela disse. – Venha lá pelas oito, tá? Você vai conhecer minha mãe.

– Ah, tá, legal – eu disse, completamente desconcertado. – Vai ter... mais alguém?

– Nenhum dos meus irmãos está em casa – ela respondeu. – Então vamos ser apenas nós e os meus pais.

– Ah – eu disse. – Legal.

– Tudo bem?

– Legal – disse novamente.

Enquanto me vestia, lembrei que, quanto mais vezes você usa a palavra "legal" numa conversa de cinco minutos, menos legal você é. E eu não podia me dar ao luxo de não ser legal essa noite.

Aquela era uma noite muito importante. Era uma noite para matar ou morrer. Impressionar os pais da Kate poderia ser um grande passo para virar namorado dela. Na verdade, era uma noite para matar ou morrer porque eu não sabia se era namorado dela. Tínhamos saído para ver um filme e ela agiu como se fôssemos apenas amigos. Mas eu conheci o pai dela quando a deixei em casa. Depois ela me beijou no corredor. O beijo não foi tão importante quanto o lugar em que aconteceu. Aquilo não foi um beijo dado no canto escuro de uma festa, entre goles de cerveja, escondido, por duas pessoas que estavam bêbadas e cometeram um erro. Foi de propósito. Foi na frente de todo mundo. Aquele beijo foi uma declaração: "Estamos juntos!"

Mas será que estávamos juntos? Enquanto eu dirigia para a casa da Kate, fiquei dando umas olhadas no espelho retrovisor, fazendo caras sérias e perguntando para o painel do carro: "Para onde está indo este relacionamento?" Ensaiei as palavras em voz alta: "Kate, tudo bem para você me chamar de namorado?" Não, isso parecia misógino e controlador. Melhor: "Posso te chamar de namorada?"

Não. Tudo isso era péssimo. Parecia desespero. Parecia que eu estava me esforçando demais, que é exatamente o que eu havia feito de errado com a Celine. Enquanto estacionava o carro, decidi não cometer o mesmo erro com a Kate e sua família.

Foi o pai dela quem abriu a porta. Nós tínhamos conversado muito rapidamente da última vez, depois do filme. Agora eu tentava causar uma boa impressão com um aperto de mão superfirme e viril.

– Sr. Gallatin – eu disse. – Muito obrigado por me receber.

– Prazer em vê-lo, Finbar – ele disse. – Entre, venha conhecer a Janice.

Cumprimentei a mãe da Kate – de maneira mais suave. Os dois eram altos e magros. Também eram bem mais velhos. Tinham cabelos brancos e nem tentavam esconder, do jeito que minha mãe escondia os cabelos grisalhos com tinta ou como meu pai cobria a careca com bonés de beisebol que não enganavam ninguém. A mãe da Kate, Janice, não era nenhuma gata, mas eu preferia que fosse assim. Essas mães gostosonas meio que me assustam. Eu não sei como lidar com cinta-liga e meia-calça. Por isso, uma mãe normal era preferível. Mas, para dar a Janice o benefício da dúvida, ela provavelmente havia sido gostosa, quando os três irmãos mais velhos da Kate eram crianças. E se tivesse netos em breve, certamente poderia ser uma avó gostosa.

Meu Deus, o que eu estava fazendo, pensando em todas essas coisas pecaminosas? Os pais da Kate eram católicos, como os meus. Todo mundo sabe que os católicos têm, tipo, visão de raio X para pensamentos sexuais. No nono ano no St. Luke, por exemplo, tivemos aquela professora de inglês incrivelmente gostosa, a sra. Alexander. Era uma ótima professora – na verdade, eu consegui parar de pensar nos peitos dela por tempo suficiente para entender como usar os advérbios –, mas ela pediu demissão em novembro. Isso porque tinha visão de raio X e conseguia ver todas aquelas coisas pervertidas que estávamos pensando sobre ela.

Ou talvez ela tenha percebido pela redação do Johnny Frackas, chamada "Dez objetivos da minha vida", que o Sean O'Connor roubou e acrescentou, como décimo primeiro: "Pegar a sra. Alexander por trás".

Enfim, eu não queria que os Gallatins soubessem de todos os pensamentos que eu tinha com a Kate. Não que eu pensasse no décimo primeiro. De jeito nenhum! O que você pensa que eu sou? Mas não vou dizer que eu não pensava na Kate quando estava na cama. Ou no chuveiro. Ou na cozinha...

– Você gosta apimentado, Finbar? – a mãe da Kate perguntou, esticando a cabeça para fora da cozinha.

Hã? Apimentado? Quase dei um pulo de susto no sofá da sala, onde eu estava sentado ao lado da Kate, segurando um copo de Pepsi. Comecei a suar.

– A comida. – ela disse. – Você gosta de comida apimentada?

– Ah – eu disse, aliviado. – Claro.

Kate ergueu uma sobrancelha. Ela percebeu que eu estava nervoso.

Os pais dela entravam e saíam da cozinha enquanto preparavam o jantar. Era muito fácil conversar com eles. Eles me perguntaram sobre a nossa mudança de Indiana. O sr. Gallatin tinha crescido no Illinois e costumava fazer rafting num lugar não muito distante de Alexandria. Eles tinham vários hobbies legais. Gostavam de acampar e tinham um caiaque. Faziam coisas que eu só tinha visto em catálogos de artigos esportivos. Eles perguntaram se meus pais tinham algum hobby. Acho que limpeza radical ainda não é um esporte, então eu disse que a minha mãe não tinha nenhum.

– Mas o meu pai está pensando em aprender a surfar – falei.

Quando Kate e eu fomos para a sala de jantar, eu meio que me arrependi por ter reagido de forma tão casual àquele negócio de "você gosta apimentado?", considerando que eu normalmente como alimentos que têm a cor da minha pele. Sabe como é: pipoca, batata assada, peito de frango sem molho. Agora eu estava olhando para um genuíno menu especial de diferentes cores e formas amontoando-se alegremente. A panela fumegante que o sr. Gallatin colocou na mesa era um prato que chamou de dragão de curry.

Os Gallatins não rezavam antes de comer, por isso eu não conseguiria adiar aquela refeição. Havia pedaços de frango cobertos de flocos verdes e vermelhos no meu prato. O cheiro do frango era picante, mas talvez apenas os flocos vermelhos e verdes fossem apimentados. Quando ninguém estava olhando, raspei os flocos vermelhos para o canto do prato. Em seguida, tentei fazer a mesma coisa com os verdes, mas o sr. Gallatin virou para falar comigo e eu entrei em pânico, enfiando o frango seminu na boca.

– Então, como é que uma aluna do primeiro ano como a Kate consegue ser descolada o suficiente para sair com você, Finbar? – ele perguntou.

– Ela é... – comecei. Mas naquele instante o sabor do dragão de curry me atingiu.

Eu não conseguia engolir. Era tão, mas *tão* ardido. Mas eu também não podia ser mal-educado e cuspir o frango. Quando abri a boca novamente, minha respiração me fez engasgar.

– Quente! – exclamei. – Nossa, como é quente!

Ficou um silêncio. Antes, havia o agradável ruído habitual dos jantares, com talheres batendo nos pratos, o gelo se chocando nos copos e, é claro, o silvo mortal do dragão de curry em seu covil. Mas agora só havia silêncio. O pai da Kate tinha me perguntado por que eu gostava dela e eu tinha respondido: "Ela é... quente". Na verdade, eu não tinha *dito*, tinha praticamente *ejaculado* a palavra "quente". Eu não tinha coragem de olhar para os pais dela.

Mas consegui dar uma espiada na Kate, me virando para ela com o pescoço tenso. Ela estava rindo em silêncio, de boca cheia.

O sr. Gallatin falou:

– Bem, Finbar.

Olhei para ele apavorado, com o rosto vermelho como os flocos que eu tinha raspado do frango.

– Quer um pouco de molho de pimenta no seu prato?

Kate e seu pai riram da piada, e tentei ao mesmo tempo rir e suspirar de alívio, mas a mãe dela revirou os olhos.

– Lembra quando estávamos namorando e eu ria das suas piadas? – ela perguntou ao marido. – Era fingimento.

Foi a minha vez de rir alto. A sra. Gallatin havia sido tão inesperadamente ousada e direta. Ela era muito parecida com a Kate.

– Talvez um pouco de arroz alivie o ardor – o pai da Kate disse, mais prático. – Vou pegar um pouco para você.

Quando ele voltou da cozinha, disse:

– Falando sério, Finbar, estamos contentes que a Kate tenha encontrado um amigo como você.

Bem, pensei, convencido. *Mais que um amigo. Sua filha me beijou no corredor. Com um pouco de língua.*

Claro que não falei isso.

O pai dela continuou:

– Alguém que...

Alguém que é sexy? Sombrio e misterioso? Não, ele não diria isso. Alguém que realmente se preocupa com a Kate? Alguém que se tornou muito próximo da nossa filha? Essa conversa ia acabar num papo sobre namorado e namorada?

– Alguém que está interessado em estudar – finalizou. – Um *bom garoto*.

Minha sentença de morte havia sido proferida. Bum, bum, bum. Acabado, acabado, acabado. Sem chance com a Kate. Aquilo era a *pior* coisa que ele poderia ter dito! Uau, aquele era um pai esperto. O comentário que ele fez era o equivalente verbal de um cinto de castidade. Preferia que ele tivesse dito: "Um garoto com espinhas por toda a cara", "Um garoto com mau hálito incurável", "Um garoto prestes a cumprir de cinco a dez anos na penitenciária estadual".

Nada poderia ter arruinado minhas chances com uma menina do colégio mais rápido do que ser rotulado como *bom* garoto. Pensei que essa seria a noite em que eu descobriria se era ou não namorado da Kate. Bem, acho que descobri. Um *bom garoto* não serve para ser namorado. Um *bom garoto* serve para ser amigo.

Claro que concordei com aquilo e sorri, escondendo minha decepção.

– Agora, a sobremesa – o pai da Kate começou. – Temos mais uma especialidade tailandesa. Um superapimentado...

A mãe dela interrompeu o anúncio, revirando os olhos.

– Temos sorvete. Mas, Kate, por que você não mostra ao Finbar a batcaverna, enquanto a gente tira a mesa? Vocês podem comer a sobremesa depois.

A "batcaverna" da Kate, como eles chamavam o porão, foi uma esfregada de sal na ferida do nosso romance inexistente. Era o lugar mais legal do mundo. Minha não namorada era o Batman. E eu era o Alfred, pálido e confiável. Mas, sério, vamos falar do porão. Eles tinham uma mesa de bilhar profissional, uma mesa de air hockey e até um fliperama. Fiquei com inveja da Kate e dos irmãos dela. E de quem acabasse sendo o namorado dela. Fiquei com muita inveja dele, por um monte de razões.

– Nós temos os melhores canais de filmes – ela disse quando do me sentei no sofá ao seu lado. Droga, que couro macio.

– Eu vejo, tipo, uns seis filmes todo fim de semana – ela continuou. – Ai, meu Deus, está passando *Sede de sangue*. Você já viu esse filme? É muito engraçado. É basicamente pornografia.

Na tela, Virginia White, interpretada por uma modelo anoréxica com sutiã de enchimento, espionava Chauncey Castle, interpretado por um ator britânico "sério" com o rosto coberto de pó, enquanto ele examinava uns frascos de sangue em sua mesa. Depois de abrir um dos frascos, ele o levou à boca e bebeu. Virginia se assusta e Chauncey se vira, pegando a moça no flagra.

Virei para Kate e disse:

– Pensei que as meninas adorassem *Sede de sangue*.

– Elas só gostam desse filme porque é para maiores de 18 anos e elas não têm permissão para assistir. – Kate revirou os olhos. – É *proibido*.

Tentei parecer sombrio e perigoso.

– Você gosta de coisas proibidas? – perguntei.

– Não – ela respondeu, categórica.

– Mas e o livro *Sede de sangue*? As garotas adoram esse livro.

– As garotas da *sua* classe adoram esse livro – ela disse. – As pessoas nem sabiam que a Ashley Milano sabia ler antes de *Sede de sangue* ser lançado. E a Kayla Bateman caiu da esteira porque estava lendo a parte das algemas.

– Talvez ela só tenha perdido o equilíbrio por causa dos... – sugeri.

– Nossa, isso me lembra uma coisa! – ela disse, sentando de pernas cruzadas no sofá. – Preciso te contar uma coisa *engraçadíssima* que ouvi a Jenny Beckman dizer.

Ai, meu Deus, o que será? A Jenny ficava tempo demais perto de mim. Ela poderia ter dito qualquer coisa a meu respeito. Não, fique calmo. Talvez não fosse sobre mim. De onde vinha essa crença de que eu era o centro do universo?

– Ela e a Kayla Bateman estavam falando de você e...

O-oh. Era a meu respeito. Será que eu havia sido pego num momento Nate Kirkland? Mas em público eu só coçava o nariz! Nunca enfiei o dedo! Foi uma coçadinha, eu juro!

– Elas, tipo, acham que você é um vampiro – ela disse e ficou à espera, sorrindo, como se tivesse acabado de contar uma piada.

Meu primeiro pensamento foi: *Dã, é claro que eu sou um vampiro.* Todo mundo já sabia disso na escola. A Ashley Milano tinha até me emprestado o para-sol de seu Oldsmobile para proteger minha pele quando eu andava até o estacionamento. E as meninas que tinham começado com pão de alho passaram a se aproximar de mim com um crucifixo de prata e uma vareta que lembrava vagamente uma estaca de madeira. Embora eu ficasse contente porque aquelas meninas acreditavam que eu era um vampiro, também ficava meio chateado por elas estarem tentando me matar.

– Ah – eu disse, forçando uma risada patética.

Kate, que estava esperando que eu soltasse uma gargalhada, percebeu minha reação ridícula. Maldita fraqueza a minha por meninas inteligentes!

– Você sabia que elas achavam isso? – perguntou.

– Não sei... Quer dizer, eu ouvi alguma coisa – respondi. – Mas obviamente achei que fosse piada.

– Você não achou isso *completamente ridículo?* – ela perguntou, arregalando os olhos.

– Sim, acho que sim... – dei de ombros e voltei a olhar para a televisão.

Chauncey Castle estava derramando sangue nos peitos de Virginia e em seguida lambendo. Entre gemidos, ela disse: "Sei que você é perigoso, mas minha paixão por você também é perigosa".

– Então por que você não disse que é... humano? – Kate perguntou. Ela deu um sorriso largo e, ao pensar em mim como vampiro, soltou uma gargalhada. Até jogou a cabeça para trás.

– Ah – dei de ombros outra vez. Meus ombros estavam ficando doloridos de tanto que eu fazia isso. – Tinha um monte de gente que pensava... ou supunha... tipo...

– Sério? – ela disse. – Pensei que a Jenny tinha falado isso para a Kayla porque ela é meio... você sabe...

– Então – arrisquei, hesitante –, você não pensou que eu fosse... um vampiro?

Ela riu mais alto que a plateia inteira do David Letterman. Seu riso era colossal, ocupando todo o espaço do porão, e de repente me senti muito, muito pequeno.

– Você está brincando? – ela perguntou. – Você *queria* que eu...

– Mas – arrisquei – e o meu problema com sol?

– O quê?

– Você não achou estranho eu não poder ficar exposto ao sol?

– Você não é descendente de irlandês?

– Mas você não me achou... sombrio e misterioso?

– Você dirige um Volvo.

– Edward Cullen dirige um Volvo! – falei alto, em minha própria defesa.

– Você comprou esse carro para parecer o Edward Cullen? – ela perguntou.

– Não! – respondi. – Meu pai gostou porque o carro é econômico... mas espera. Você não pensou que eu fosse um vampiro? Ou que eu era, tipo, assustador? Ou que eu batia nas pessoas o tempo todo?

Kate balançou a cabeça.

– Nem por um segundo – disse, com uma certeza que me deixou deprimido.

– Então... mas...

Tentei pensar por um momento, mas na TV o sangue da Virginia White estava sendo sugado. Os gemidos semiaterrorizados e semiorgásticos me distraíram.

– Mas o quê? – ela perguntou.

– Então por que você, tipo... você sabe... no corredor...?

– O quê?

– Por que você me beijou? – perguntei. – Por que você... sei lá... *gosta* de mim, se não acha que sou assustador, ou um vampiro, ou que bato nas pessoas o tempo todo?

– Eu gosto de você porque você *não* é assustador – disse, ainda sorrindo. Depois pegou o controle remoto para desligar a TV e se virou para me encarar. – Ou um vampiro. E porque você não bate nas pessoas o tempo todo. E porque você não é um imbecil como o Chris Perez.

Ela largou o controle remoto e se aproximou de mim no sofá de couro. Passou um dos joelhos por cima das minhas pernas e sentou no meu colo, de frente para mim. Uau. U-a-u. Então ela me beijou.

– Espere um pouco – eu disse, falando com dificuldade, considerando a nova direção em que o sangue do meu corpo estava correndo. – Agora que você não acha mais que eu sou misterioso, pode me fazer um favor?

– Que favor?

Mas então ela mordeu o lábio, e vi seus dentes meio separados, a língua macia e toda aquela umidade rosada.

– Isso pode esperar um pouco – eu disse, antes de me inclinar sobre ela.

Da próxima vez que encontrei a Kate na escola, após um abraço que me trouxe lembranças de ficar dando uns amassos com ela na batcaverna por uma hora e meia, pedi que ela ajudasse o Luke em matemática. E prometi que minha mãe ia pagar pela ajuda – ou, provavelmente, canonizá-la, desde que ela conseguisse manter o Luke no programa de esportes da Escola Fordham. É claro que ela se ofereceu para ajudar de graça.

– Quero muito conhecer o seu irmão! – ela disse.

Ótimo. Fantástico. Eu mal podia esperar para apresentá-la ao meu irmão musculoso e galã. Sério mesmo.

Eu disse à minha mãe que havia encontrado alguém para ajudar o Luke em matemática.

– Quem? – ela perguntou. – Aquele Jason de quem você me falou?

– Não – eu disse. – Minha amiga Kate.

– A Kate que convidou você para jantar na casa dela? – minha mãe se inclinou na minha direção como se fosse uma bruxa e eu fosse o João coberto de doces.

– É – respondi. – Ela é muito boa em matemática.

Na minha cabeça, eu estava sendo o mais tranquilo possível durante aquela conversa (embora eu não devesse desperdiçar minha tranquilidade com a minha mãe – mas acho que os vampiros têm tanta tranquilidade que dava para gastar um pouco com ela). Mas ela ficou me olhando com um sorriso bobo no rosto, e eu sabia que ela estava pensando que a Kate e eu estávamos apaixonados. Minha mãe tem um sexto sentido para essas coisas.

E assim Kate veio até a minha casa duas noites depois. E conheceu toda a minha família: meu irmão, que já havia usado nossos pratos de cristal como frisbees; minha mãe, com seu metro e meio, armada com um esfregão e completamente por dentro dos meus sentimentos pela Kate; e meu pai, que continuava ansiosamente me pedindo detalhes sobre como era estar metido numa briga.

Meu pai foi o primeiro a conhecê-la.

– Kate! – falou com aquela voz de pai de série de TV. – Prazer em conhecê-la, Kate!

Por que é que os pais repetem o nome das pessoas umas oito vezes quando as conhecem? Deve ser a memória que vai sumindo. Meus pais estão na meia-idade, afinal. Não são mais tão afiados como antigamente.

– Esta é a Kate do Finbar ou a Kate do Luke?

Perguntar aquilo foi o próximo passo idiota do meu pai. Que maneira de tratar as mulheres como objetos, pai!

Mas a Kate deu de ombros, parecendo não ter se ofendido.

– Geralmente sou do Finbar – disse. – Mas hoje sou do Luke. Para as provas de matemática. Sorte dele.

– Sabe – disse meu pai, pensativo –, eu nunca tive de provar porcaria nenhuma quando estava na escola! Eles me disseram que dois mais dois era quatro e eu acreditei.

– Paul! Eu ouvi alguém falar palavrão aqui? Foi *você*?

Minha mãe veio correndo da cozinha com uma embalagem enorme de desinfetante. Ela apontou o bico do spray para o meu pai como se fosse uma arma. Juro que ela teria limpado a boca dele com aquilo se eu não tivesse impedido.

– Mãe! – eu disse, com um tom de voz tenso que indicava que ela devia se comportar. – Esta é a Kate. Ela vai ajudar o Luke com a lição de matemática.

– Ah, Kate! – ela gritou.

Minha mãe ficou tão animada que apertou o pote de desinfetante e jogou um pouco no rosto da Kate. Pus as mãos no rosto e soltei um gemido.

Minha mãe correu para o lado da Kate.

– Graças a Deus você está de óculos! – falou. – Eu poderia ter deixado você cega!

– Eu disse que a casa já está limpa! – observou meu pai.

Minha mãe limpou furiosamente os óculos da Kate na própria blusa. Depois recolocou os óculos no rosto dela, como se a Kate não pudesse fazer isso sozinha!

– Que lindo cabelo você tem – minha mãe balbuciou, como se fosse o Lobo Mau falando com a Chapeuzinho Vermelho. Fiquei surpreso com o fato de a Kate ainda não ter fugido da minha casa.

– Mãe... – tentei formar uma barreira entre ela e a Kate.

– Eu sempre pensei que teria uma filha – ela disse, pensativa. – Quando descobri que teria gêmeos, me disseram que seria um menino e uma menina.

Ah, não. Por favor, Deus, faça um terrorista aparecer e *amordaçar* minha mãe agora mesmo.

– Desde o ultrassom dava para ver que o Luke era um menino – ela explicou. – Mas da forma como o Finbar estava posicionado, não dava para ver que ele tinha um...

– Luke! – gritei.

Eu nunca tinha ficado tão feliz por apresentar meu irmão atlético e boa-pinta para uma menina de quem eu gostava.

Luke desceu correndo as escadas, como de costume, e pulou os três últimos degraus. Ele estendeu a mão.

– Você é a Kate, certo? – disse, mostrando seus olhos azuis nem um pouco assustadores para a menina de quem eu gostava. – Obrigado por vir.

Minha mãe levou os dois para a sala de jantar, e eu subi para o meu quarto, porque não queria ficar por perto. Mas eu estava tão ansioso com a situação que me agachei e pus o ouvido no chão. Para meu azar, o aspirador de pó da minha mãe estava sugando qualquer possibilidade de espionagem. Agindo como o Luke, fiquei pulando pelo quarto, depois me atirei na cama dele e comecei a jogar bola no teto. Atingi uma teia de aranha, que caiu no meu rosto. Que nojo.

Tentei dizer a mim mesmo que não tinha nada com que me preocupar. De verdade. Claro que o Luke é bonito. Claro que está em boa forma. Ele provavelmente conseguiria levantar um elefante se tivesse de fazer isso. Mas, para ser honesto, meu irmão não está com essa bola toda. Ele tem a capacidade de aprendizado de um furacão. Tudo bem, ele é grande, empolgante e animado, e com certeza todo mundo fala dele por aí, e talvez algumas meninas se joguem para cima dele e o sigam por todos os lugares, mas o Luke é uma força selvagem e imprevisível. Nem ele mesmo tem controle sobre a própria energia. Se tivesse a intenção de seduzir uma menina em particular, não conseguiria fazer isso. Ele não teria a concentração necessária. Não seria capaz.

Ou seria?

Sob o pretexto completamente ordinário de comer uma maçã, desci as escadas. A maçã me daria uma desculpa para espiar a Kate e o Luke e provaria para ela que eu era saudável. Em biologia, aprendemos que um monte de traços "atraentes" ao sexo oposto são na verdade biologicamente sedutores, porque indicam que somos companheiros saudáveis em potencial. Eu apenas entraria na sala com a maçã na mão, me gabando em silêncio da minha capacidade de acasalamento, dos meus dentes fortes e meus intestinos ágeis...

Mas eles estavam rindo. Desde que desci da escada no hall de entrada, eu podia ouvir os dois rindo. Merda. Rindo? O que tinha de engraçado em matemática B?, fiquei me perguntando enquanto caminhava até a sala de jantar. Eu nunca tinha tido matemática B, mas era matemática – e isso nunca é divertido. Até *Numb3rs*, aquela série que tenta transformar matemática numa coisa legal, passa nas noites de sexta-feira, porque as pessoas que gostam de matemática estão sempre em casa nas noites de sexta-feira!

Ah, não. Aposto que foi o Luke. Ele fez a Kate rir.

– Acabei! – ela gritou da sala de jantar.

– Acabei! Não, você ganhou de novo! – ele gritou logo depois e riu.

Entrei com a cautela de um investigador na cena do crime. Eles estavam sentados lado a lado, mas as cadeiras estavam viradas mais uma em direção à outra do que em direção à mesa, onde estavam os livros, cadernos e as coisas em que *deveriam* prestar atenção.

– Oi, gente – eu disse. – E aí... o que está rolando?

O Luke pegou o papel da Kate e deu uma olhada rápida antes de voltar os olhos para seu próprio papel.

– Droga! – ele deu um tapa na cabeça e se esparramou na cadeira, se fingindo de morto. – Esqueci de dizer que isso é igual àquilo. Mas eu sei que é. Então por que preciso dizer?

– Você simplesmente precisa – ela falou. – Todas as coisas óbvias. Senão você não pode sair da etapa um e avançar para a dois. O que significa que sou a campeã!

Ela ergueu as mãos.

– Campeã do quê? – perguntei.

– Nós estamos competindo com provas – disse Luke. – A Kate me venceu três vezes seguidas.

– E o perdedor tem de passar a prova a limpo – ela completou. – Três vezes.

Ele soltou um gemido, e ela lhe passou um caderno em branco e uma caneta.

– Vai lá, otário – ela disse.

Enquanto o Luke copiava a prova com sua letra ansiosa, a Kate olhou para mim, piscou e sorriu. Dei um sorriso sincero e me apoiei no batente da porta. Aquilo parecia tão natural, a Kate na sala de jantar da minha casa, na mesa onde comíamos carne em conserva toda terça-feira, perto das fotos da nossa infância em que o Luke e eu aparecíamos vestindo blusas iguais com o desenho de uma rena. Na segunda foto, ele estava com o dedo na minha orelha e, na terceira, eu estava com o rosto tão amassado que não dava para ver meus olhos. Mas eu não estava envergonhado por ela me ver como uma criança franzina e cafona. Eu não podia perder meu ar de mistério, porque, segundo a Kate, eu nunca tive um.

Não era irônico? Eu me tornei um vampiro para fazer as meninas gostarem de mim. Agora, a única menina que me importava nem sequer gostava de vampiros. E ela não gostava de mim porque eu era melancólico, misterioso ou assustador. Ela gostava de mim porque eu não era nada disso.

– Pronta? – Luke perguntou para a Kate, preparado para detonar as páginas.

Ela respondeu:

– Preparar, apontar, fogo!

15

Por toda minha vida no colégio, eu tinha uma teoria de que você não pode ir a uma festa a menos que tenha uma razão para estar lá. Eu nunca tinha ido a uma festa de verdade. Só estive em festas de 15 anos, em que a mãe de alguém faz o filho convidar todos os colegas da sala, até aqueles que não falam inglês. Mas acho que nas festas *de verdade*, nas festas pra valer, você precisa de uma razão para estar lá. O Luke, por exemplo, está no time de futebol. Isso significa que ele é convidado para uma série de comemorações de vitórias, especialmente porque costuma ser o motivo da vitória. Além disso, ele é muito forte. Assim, é útil para levantar barris e arrombar janelas para fugir da polícia e coisas do tipo. Também, quando o Luke vai a uma festa, as meninas também vão.

Outros caras têm razões diferentes. Muitas vezes, o maior idiota da turma tem a casa mais incrível e os pais mais maravilhosamente ausentes, então é ele quem dá as festas. Essa é uma razão e tanto para estar numa festa – quando ela acontece na sua casa. Depois, tem o garoto que tem um irmão mais velho ou um tio esquisito que compra a cerveja – ele é o fornecedor. Também tem o cara com um monte de músicas legais baixadas ilegalmente no iPod – é o DJ. Se tiver um garoto meio pirado, ou que é reserva do time de basquete, ou que está um pouco acima do peso, ou que usa mocassim sem meias, há uma qualidade que pode valorizá-lo diante dos outros caras e das meninas gostosas: "Mas ele é, tipo, *tão* engraçado".

E as meninas? Não. Meninas não precisam de motivo para estar numa festa. Elas *são* o motivo da festa.

Na semana seguinte ao Halloween, o Luke convidou a Kate e a mim para uma festa do pessoal do time de futebol em New Rochelle, que ficava no meio do caminho entre Pelham e a cidade da Kate, Larchmont. Todas as outras vezes em que o Luke tinha me convidado para uma festa, eu havia recusado. Mas agora tudo era diferente. Agora, além de ser irmão do astro bonzão do time, eu tinha uma razão para ir. Eu ia levar uma garota.

A casa onde estava rolando a festa era enorme, à beira-mar, com uma varanda gigante e um quintal enorme. Era a casa de um jogador do time do Luke. Meu irmão já tinha ido lá antes e nos mostrou o lugar. A festa já havia começado quando chegamos, ou seja, a maioria das pessoas já estava bêbada. Umas meninas tentavam dançar na sala de estar, apesar de não conseguirem ouvir a música por causa das próprias risadas. A mais alta tentou dançar break numa música do John Mayer. Quando tentou plantar bananeira e não conseguiu, acabou derramando Smirnoff Ice no sutiã. Aí ela começou a chorar, e as outras meninas a cercaram, numa espécie de amontoado emotivo.

O DJ do iPod tinha cara de nerd. Ele usava aqueles óculos de armação preta grossa, que nem eram descolados no estilo do Rivers Cuomo. *Ponto para mim*, pensei, *sou mais descolado do que uma pessoa nesta festa*. Mas, mesmo tendo um jeito molenga, ele se saiu bem quando uma menina começou a dar uma lição de moral nele, apontando o dedo para o cara enquanto derramava tudo que estava no copo.

– Você *não* pode tocar as músicas do Chris Brown – ela disse. – Estou falando sério. Tipo, como mulher.

– Sinto muito – ele balançou a cabeça. – "Forever" é boa demais para deixar passar.

– "Forever" era a música que estava bombando quando a coisa toda aconteceu! – a menina estava indignada. – É, tipo, a *pior* que você poderia escolher.

– É, mas eu inventei uma dança para essa música – ele respondeu, então se levantou, girou, deslizou e parou. Ele até que dançava muito bem. Mesmo assim, eu ainda era mais descolado que ele.

Na varanda de trás, caras de jaqueta preta acolchoada fumavam e agiam de forma suspeita. Na garagem, que ficava no porão, caras do penúltimo e do último ano jogavam pingue-pongue de cerveja. Eu já tinha ouvido uns veteranos no St. Luke falarem sobre pingue-pongue de cerveja, e tinha certeza de que o Luke já tinha jogado uma ou duas vezes, mas eu não entendia aquele jogo. Como beber cerveja e jogar pingue-pongue ao mesmo tempo? Eu pensei que era assim que se jogava, segurando uma garrafa de cerveja na mão esquerda e a raquete na direita.

Mas a cerveja ficava em copos de plástico vermelhos, não em garrafas, e os copos ficavam agrupados em triângulos em cima da mesa de pingue-pongue. Não havia raquete, apenas as bolas – e os caras simplesmente usavam as mãos para jogá--las nos copos de cerveja. Só havia homens. Parecia que era uma zona do tipo "proibido garotas". Afastadas cautelosamente mais de meio metro da mesa de madeira lascada carregada de testosterona, elas ficavam em grupos de duas ou três, com suas saias jeans, mordendo as bordas dos próprios copos vermelhos. De alguma forma, mesmo sem participar, elas sabiam muito sobre as regras do jogo. Mas quantas regras poderia haver para se atirar uma bola num copo?

– Seu cotovelo estava um milímetro além da borda da mesa! Esse arremesso não valeu.

– O parceiro dele não disse que estava "se aquecendo" depois de acertar o segundo arremesso e antes de começar a vez do adversário. Ele não vai ter outra chance até acertar três arremessos consecutivos.

Aparentemente, havia mais regras do que eu pensava!

– Você sabe jogar pingue-pongue de cerveja? – perguntei à Kate enquanto assistíamos ao jogo e segurávamos nossos copos de plástico vermelhos – com refrigerante. O Luke tinha servido nossa bebida não alcoólica na cozinha enquanto pegava uma cerveja.

Kate balançou a cabeça.

Rapidamente resolvi que, quando chegasse em casa aquela noite, aprenderia a jogar pingue-pongue de cerveja. Depois que virasse um mestre, conseguiria derrotar os veteranos, e a Kate ficaria impressionada. E como eu ia ficar bom naquilo?

O Luke praticaria os arremessos comigo. Eu encontraria uma tábua para servir de mesa, ou poderíamos sacrificar a escrivaninha do Luke, que nunca era usada mesmo, para praticar. Encheríamos copos de água. Calculei que teríamos cerca de duas semanas de treino antes que minha mãe descobrisse os copos em formação triangular e pensasse que tínhamos entrado para uma seita satânica. Sim, estaríamos treinando para um jogo que envolve beber cerveja, e éramos menores de idade, mas eu sabia que, na cabeça da minha mãe, a primeira coisa que surgiria seria um culto satânico.

Claro que eu nunca tinha bebido cerveja na vida. Talvez fosse melhor aprender a beber antes de aprender a jogar.

Ou talvez, se você bebesse muita cerveja, não conseguisse jogar: nenhum daqueles caras estava conseguindo acertar as bolas de pingue-pongue nos copos de cerveja. Assim, era um jogo muito chato de assistir. A única coisa divertida era ver as meninas tentarem correr e pegar as bolas perdidas pelos cantos cheios de teia de aranha da garagem sem se abaixarem demais com aquelas saias curtas.

– Aquele copo de água é usado para limpar a bola? – Kate perguntou, olhando para um copo vermelho na borda da mesa cheio de água com um tufo de cabelo sujo flutuando na superfície. – Acho que não está dando certo.

– Provavelmente vamos pegar gripe suína apenas por assistir ao jogo – eu disse. – Vamos ver se o DJ do iPod ainda está tocando Chris Brown?

– Acho melhor irmos até a cozinha ver seu irmão plantar bananeira em cima do barril de chope – ela respondeu. – Ele ainda vai fazer aquilo virar um esporte olímpico.

Kate começou a subir a escada do porão, e eu a segui com a mão em suas costas, possessivo mas descolado, quando *bum*! A porta se abriu com tudo à nossa frente e atingiu uma viga na parede da garagem. Um garoto bêbado que não conseguia enxergar um palmo na frente do nariz entrou tropeçando. Kate e eu recuamos, porque ele desceu tropeçando pelos três degraus. Então parou, se virou para nós e começou a balançar para frente e para trás, se apoiando nos calcanhares e depois nos dedos dos pés, nos calcanhares e nos dedos...

O Cadeira de Balanço apontou para a Kate, com um dedo que tentava escapar da própria embriaguez.

– Ei – ele disse, com as pálpebras caídas sobre os olhos. – Eu conheço você.

Ela ficou parada, como se esperasse não ser notada. Achando que aquele garoto nem sequer sabia para quem estava apontando (ou onde estava), comecei a subir as escadas novamente. Dei o primeiro passo, mas...

– Katie – ele disse em voz alta, mais alta que o barulho do pingue-pongue de cerveja e que os gritos entusiasmados das meninas. – Katie Gallatin.

– Kate? – falei. Como é que esse cara bizarro conhece a Kate? Uma sensação defensiva, masculina, encheu meu peito. Sentimento de posse. Como Bill Compton, de *True Blood*, sempre rosnava com seu mais feroz sotaque sulista, a Kate era *minha*. Por que esse idiota estava falando com a *minha* Kate?

Inclinando-se para trás, o Cadeira de Balanço deu um riso abafado e disse:

– Eu quase não te reconheci assim, toda vestida.

Eu nunca havia visto a Kate insegura antes. Agora ela parecia afobada, até mesmo nervosa. Ela levantou a mão para arrumar o cabelo e os óculos e ficou olhando para o chão.

O Cadeira de Balanço começou a falar mais alto.

– Ei, eu estudava com essa menina em Larchmont – disse, apontando para a Kate. – Ela era a maior vagabunda. Katie Gallatin era a maior...

– Ei! – eu me coloquei na frente da Kate, toda encolhida e insegura. Quase tropecei no primeiro degrau. Eu era um homem forte e grande. Estava protegendo a garota que eu amava – ou a garota de quem eu gostava pra caramba. Eu era o Edward Cullen desafiando o lobisomem.

O Cadeira de Balanço simplesmente deu um passo para o lado e continuou falando com a Kate.

– Vai pegar outra bebida, Katie – ele disse. – Assim você desmaia e faz a polícia aparecer *nesta* festa.

– Ei! – falei mais alto. Talvez meu primeiro "ei" não tivesse sido alto o suficiente.

A sensação nervosa e agitada que percorria meu corpo não era exatamente como aquele impulso poderoso que senti com o Chris Perez. Lá eu estava sozinho, sem ninguém, exceto o Chris Cho, para me ver fazer papel de idiota. Aqui eu estava cercado por caras descolados do último ano de outra escola.

Mas eu tinha de defender a Kate. Eu não precisava bater no cara, apenas mantê-lo afastado da minha namorada. Quer dizer, da menina que eu não sabia se era minha namorada. E que me beijou no corredor, mas que podia ou não estar romanticamente interessada em mim. Mas provavelmente estava.

Assim, quando o Cadeira de Balanço foi um pouco mais para frente, estendi a mão na direção dele. Ele mal percebeu meu movimento. Na verdade, o garoto estava viajando. Parecia um personagem de filme da Sessão da Tarde que tem o cérebro transformado em ovo mexido por ter aceitado um baseado de um malandro através da cerca de arame. Suas pálpebras estavam cada vez mais caídas. Ele estava prestes a desmaiar...

E me deu um soco no nariz. Pego totalmente desprevenido, fui derrubado no primeiro degrau. Caí com os joelhos e as mãos no piso do porão.

– Vai se ferrar, Swanstein! – alguém gritou. – Você deu um soco no garoto, seu otário!

– Você é um cretino, Swanstein! – outra pessoa disse. Ouvi a bola do pingue-pongue de cerveja quicar ao longe, abandonada, e também o barulho de saltos batendo no chão empoeirado. Ouvi duas meninas diferentes perguntarem se eu estava bem. Nenhuma delas era a Kate.

Eu ouvia as coisas que estavam acontecendo, mas não conseguia ver. Tudo ficou escuro e confuso durante aqueles dois segundos depois do soco. Então o impacto da dor atingiu meu rosto como a lâmina de uma espada, do nariz até o fundo do crânio. A espada de dor parecia fincada no meu rosto, onde se estabeleceu e começou a pulsar. *Meu. Deus.* Na minha cabeça, essas palavras se repetiam no ritmo da dor latejante. *Meu. Deus.* Maldito maconheiro! Jurei que, assim que conseguisse levantar, faria com ele o que fiz com o Chris Perez e muito mais. Eu iria direto para o estoque de sangue e nada me faria parar. Eu iria...

Minha fúria me forçou a abrir os olhos. Naquele momento pensei que me transformaria no Hulk. Sério, rasgaria as costuras da minha camisa polo e faria aquele...

Ai, não. Ai, meu Deus. Sangue. Quando ergui o abdome e olhei para baixo, vi sangue na minha camisa, nos meus braços e mãos, como se alguém tivesse jogado um balde de tinta em mim. Havia coágulos escuros, redemoinhos de sangue quase preto grudados nos meus cotovelos dobrados enquanto eu tirava as mãos do chão e examinava meu corpo. Meu Deus. E eu sentia o nariz molhado e frio – o que significava que o sangue ainda estava jorrando. Levei as mãos ao rosto e o sangue escorreu pelos meus dedos. Era um vulcão em erupção, irrompendo sem parar.

Mandei um recado de ânimo para o meu estômago: fique calmo, cara. Aguente firme. Não há necessidade de vomitar aqui na frente de todo mundo. É sério, está tudo bem. Fechei os olhos até sentir que podia levantar, tentando ignorar como eu estava úmido, pegajoso e sujo.

Quando levantei, a Kate havia desaparecido.

Olhei em volta, confuso, prestando atenção nas meninas, que cochichavam, e nos veteranos, que balançavam a cabeça, mas não reconheci o rosto de ninguém. Notei vagamente que alguém tinha chamado o Luke e ouvi quando ele desceu as escadas empoeiradas. Ele não estava vindo na minha direção, mas atrás do Cadeira de Balanço, inexplicavelmente curvado sobre a parte mais próxima da mesa do pingue-pongue de cerveja. O que tinha de errado com ele? Ninguém tinha dado um soco *nele*!

– Que porra é essa, Swanstein? – meu irmão disse. – Estou falando com você.

Luke olhava para ele friamente, e Swanstein virou o rosto para encarar meu irmão. E saca só: ele estava *chorando*.

Mas Luke era implacável.

– Se você botar a mão no meu irmão outra vez – ele ameaçou –, ou em qualquer outra pessoa, vou te dar um motivo para chorar de verdade. Você me ouviu?

Swanstein tinha mesmo lágrimas descendo pelo rosto! Eu olhava aquilo espantado. Ver meninas chorando me deixava muito incomodado, mas um companheiro do sexo masculino se desmanchando em lágrimas, em público, era realmente fascinante. Eu queria pegar um lugar na primeira fila e colocar óculos 3D para o show.

– Você me ouviu? – meu irmão gritou mais alto. A festa continuava imóvel e silenciosa. Então Luke falou vagarosamente cada palavra. Ele disse:

– Eu. Mato. Você.

Um amigo mais desencanado do meu irmão disse para o Swanstein:

– Você nem foi convidado, cara. Nós só pedimos para você trazer erva.

A palavra "erva" animou um dos veteranos, que lembrou por que meu agressor estava lá, para começo de conversa.

Uma menina solidária de saia jeans desceu os degraus perto de mim segurando duas toalhas de papel. Ela me entregou aquilo e depois recuou, claramente com nojo.

Mas Luke se aproximou e pisou bem em cima da poeira ensanguentada na frente do primeiro degrau. Ele inclinou minha cabeça para trás, com os dedos debaixo do meu queixo.

– Você está bem? – perguntou.

Eu estava zonzo.

– Estou. Mas tem tanto sangue...

– A cabeça sempre sangra muito – ele disse. – Lembra quando eu caí do lustre?

Sorri apesar da náusea.

– Lembro.

– E da janela do terceiro andar?

– Sim.

– E do mastro da escola Montessori?

– Lembro – falei, e consegui dar uma risadinha. – Mas estou surpreso por você também lembrar.

– Frame! – um dos veteranos chamou da mesa do pingue-pongue de cerveja.

Nós dois olhamos. O cara riu.

– Esqueci que tem dois Frames. Luke Frame, próximo jogo?

– Vou jogar com o Finn – meu irmão respondeu.

– Não – interrompi. – Vou encontrar a Kate.

– Tá certo – ele disse. – Mas, quando você voltar, me procure. Vamos trocar de camisa.

– Como assim? – perguntei. – Estou coberto de sangue.

– Eu sei – ele disse. – Mas a mamãe vai ficar bem menos assustada se o negócio for comigo. Eu já cheguei em casa coberto de sangue antes.

A Kate não estava na sala, na cozinha nem em qualquer lugar perto do banheiro, onde uma garota estava vomitando enquanto outra dava as coordenadas: "Pegue isso aqui e prenda o cabelo dela. Você, pegue um copo de água. Você, pegue um saco de lixo". Ela também não estava no quintal, quando passei pelo encontro suspeito do pessoal de jaqueta preta.

Atravessei a entrada da casa e cheguei ao gramado da frente, e lá estava ela, na calçada, em pé debaixo de um poste de iluminação com os braços cruzados.

Parecia que ela estava com frio – ela não tinha levado casaco. Olhei para baixo. Parecia que eu tinha fugido do set de um filme do Tarantino. E não tinha jaqueta para dar para ela.

– Kate! – chamei.

Ela se virou rapidamente. Sob a luz do poste, seus olhos pareciam grandes e úmidos. Ela ainda não estava chorando, mas estava quase. Ai, meu Deus.

Corri pelo gramado molhado até alcançá-la.

– Você está bem? – ela perguntou, entorpecida, com um tom estranho de voz.

– Estou – respondi. – O que aconteceu? Quem era aquele cara?

– Swanstein – ela disse, enxugando o nariz na manga. – Estudávamos juntos na escola de Larchmont. Mas eu saí porque...

Fiquei esperando pacientemente, com frio, molhado e ensanguentado.

– Me meti em encrenca – ela disse, me olhando diretamente nos olhos. – Eu bebi muito numa festa e tive de fazer uma lavagem estomacal. A polícia apareceu e todo mundo se deu mal. O pessoal da escola me odiava por causa disso.

Ela disse tudo aquilo, até a última parte, com frieza, rápido e sem emoção.

– Eu não sou quem você pensa – continuou, confessando tudo num ritmo cada vez mais rápido. – Na Larchmont eu era baladeira. Queria que todo mundo soubesse quem eu era, então comecei a beber mais do que todas as outras meninas. E a fazer mais coisas com os garotos...

Fazer mais coisas com os garotos. Que coisas? Fiquei revoltado com a ideia de salsichas viradas e outros movimentos exóticos.

– Peraí – eu disse, percebendo algo terrível. – A foto no seu armário. Aquela não é sua irmã.

Kate mordeu os lábios.

– É você.

Um cara saiu da casa e executou uma dança simbólica de como eu estava me sentindo naquele exato momento. Ele tropeçou na escada, caiu e vomitou em si mesmo.

– Você mentiu para mim – eu disse, fincando os pés no cascalho, entre a calçada e a rua.

Ela me olhou desesperada, com os braços largados ao lado do corpo, incapaz de falar.

– Você disse que se mudou para a nossa escola para ter aulas mais avançadas – continuei, falando mais alto. – Você disse que não bebia.

– Finn...

– Pensei que você não ligasse para festas, cerveja e todas essas coisas idiotas do colégio – eu disse.

– Desculpe, Finbar – ela disse. – Mas, para ser justa, você meio que mentiu para mim também.

– O quê? – passei rapidamente de desconfiado a irritado.

Kate cruzou os braços, e eu não sabia se era um movimento defensivo ou se era para se proteger do frio.

– Bem, você não é um *vampiro* – ela disse.

– Nossa, Kate – revirei os olhos e pisei no meio-fio. – Isso é ridículo. É completamente diferente.

– Por quê? – ela me desafiou, chegando mais perto.

– Eu nunca disse a ninguém que era um vampiro – falei, olhando para ela. Do jeito que eu estava na calçada, ficava ainda mais alto que ela, que estava na rua.

– Mas as pessoas *acreditaram* que você era.

– E eu acreditei em você! – gritei, tão de repente e com tanta força que ela deu um passo para trás.

Aquela era *exatamente* a questão. Eu tinha acreditado na Kate. É claro que, por fora, ela era bonita e confiante, o que percebi à primeira vista. Mas depois nós começamos a nos conhecer. E ela me disse que adorava matemática. Que não conhecia muita gente na escola. Que gostava de ler. Que ficava em casa nas noites de sexta-feira para ver filmes. E pensei que, mesmo sendo bonita daquele jeito por fora, por dentro talvez ela fosse sensível. Talvez fosse solitária. Talvez fosse como...

– Eu acreditei que você fosse como eu! – desabafei. – Você me fez acreditar nisso.

Não sei como ela reagiu. Em vez de olhar para ela, olhei para o meu tênis, e não consegui levantar a cabeça de novo. Eu estava furioso e esfregava o cascalho do chão no meu tênis, rasgando a borracha.

Ainda assim, num doloroso e capenga último gesto de bom menino, perguntei:

– Quer que eu leve você até a estação de trem?

Fiz a pergunta por fazer, de braços cruzados. Movimento idiota. Acabei espalhando mais sangue em mim mesmo.

Ela balançou a cabeça.

– Minha irmã está vindo me pegar.

Me arrastei de volta para a festa. Ainda úmido de sangue, parecia que ela tinha arrancado meu coração fora do peito – e depois jogado de volta e manchado minha camisa. A pior parte era que aquilo estava acontecendo exatamente como deveria acontecer. Quer dizer, a Kate pertencia às baladas de sexta-feira, às festas, fazendo salsichas viradas e plantando bananeira em cima de barris de chope. Ela pertencia a outros caras. Já eu pertencia ao sofá ao lado da minha mãe, esperando que as irmãs Bennet se casassem. Festas, cerveja, quebrar regras, romance – isso não era para mim. A pior parte foi saber que a coisa toda tinha sido uma piada.

Na verdade, a pior parte foi que eu pisei no vômito daquele cara no caminho de volta para a festa – para dizer adeus ao meu irmão, abandonar para sempre este mundo e voltar para casa, para os limites seguros das minhas paredes esterilizadas, com meus poemas amadores cheios de lamúrias e minhas fantasias.

– Ei, Finbar! – a sombra do Luke apareceu nos degraus de cima segurando uma cerveja. – É hora de jogar!

Tudo bem, acho de meus lençóis de marinheiro e as irmãs Bennet podiam esperar. E eu tinha que esperar pela camisa sem sangue do Luke de qualquer maneira. Então joguei pingue-pongue de cerveja. E bebi cerveja de verdade. E, para ser franco, me saí bem. Sorte de principiante, eu acho. Virei uns bons copos, e vencemos duas equipes.

Acho que um cara com os pés cobertos de vômito, a camisa encharcada de sangue e os olhos cheios de lágrimas é mesmo bem ameaçador para qualquer adversário.

Achei que o mundo ia acabar quando a Kate e eu terminamos. Mas também pensei a mesma coisa quando ela me disse que sabia que eu não era um vampiro, ou quando desmaiei na aula de física, e isso não aconteceu. Você pode não ter percebido, mas às vezes sou meio pessimista. Mas não deveria ser. Quer dizer, eu tenho esse nome, *Finbar*, há dezesseis anos, e só levei um soco na cara uma vez.

Depois da minha surpreendente partida matadora de pingue-pongue de cerveja aquela noite (eu e o Luke detonamos; devíamos ter jogado por dinheiro!), me preparei para voltar para casa e contar à minha mãe que a Kate e eu não éramos mais... o que quer que fosse que havíamos sido. Mas consegui evitar conversas longas com a minha mãe durante a semana inteira e, assim, não tive muito tempo para ficar sentado como um corcunda tocando a marcha fúnebre da minha vida amorosa. Eu tinha começado a treinar para as corridas de inverno depois das aulas. O Jason Burke era meu colega de treino. Fiquei satisfeito quando descobri que ele não estava em tão boa forma quanto eu havia pensado. Acho que os músculos dele pareciam mais definidos por causa de todo aquele bronzeamento artificial.

No meu tempo livre, quando não estava correndo, passava um tempo com a Jenny. Eu me sentia mal, porque meio que tinha esquecido dela durante a história toda com a Kate. E nem lembrei que tinha esquecido dela até que ela me convidou para o lançamento de um livro, emendando o convite com a frase:

– Mas provavelmente você vai estar ocupado no sábado à noite. Fazendo alguma coisa com a Kate.

– Não – respondi. – Na verdade, eu e a Kate não estamos mais saindo.

– Sério? – Jenny deu um gritinho de alegria.

Ela queria muito ir ao lançamento. Parecia em êxtase. Claro, estava levemente obcecada por aquele livro. Quando nos encontramos no sábado à tarde e pegamos o trem para a cidade, ela não parava de falar sobre o autor e o livro, que era um "romance gráfico", termo que os adultos inventaram para poder ler histórias em quadrinhos na meia-idade. Só que esse romance gráfico não tinha super-heróis, aliados ou qualquer coisa que pudesse estar estampada na cueca de um menino de 5 anos. O autor era um irlandês que fazia desenhos incríveis de sua vida em Dublin, bebendo Guinness, fumando um cigarro atrás do outro, torcendo para o time de futebol de sua cidade natal e outras coisas de irlandês machão.

Considero os irlandeses o protótipo dos homens de verdade, sempre bebendo cervejas fortes sem vomitar e em seguida socando os dentes tortos de algum inglês, por causa da frustração por séculos de colonialismo. E jogando rugby, que não tem ombreira *nem* capacete. Meus antepassados eram irlandeses, mas de alguma forma fomos ficando cada vez mais molengas a cada geração. Apesar de que o Luke provavelmente detonaria no rugby.

Jenny – que, pela aparência, não sobreviveria a cinco segundos de rugby – recebeu um convite especial para o lançamento porque havia escrito uma resenha do livro para o jornal da escola. Geralmente as resenhas dela não eram publicadas, porque ela se recusava a escrever sobre qualquer filme com o Vince Vaughn ou o Seth Rogen, ou a fazer o perfil de qualquer estrela da Disney Channel pega fazendo topless na Internet. Mas o editor gostou do artigo sobre o romance gráfico porque o livro fala bastante de cerveja. Acho que ele tem problemas com bebidas. Deve ser o estresse do trabalho.

Enfim, Jenny tinha enviado ao autor, Gareth, uma cópia da resenha, que ele adorou, então nós íamos conhecê-lo antes de o evento começar, numa livraria do centro de Manhattan.

– Jenny! – Gareth exclamou quando ela se apresentou timidamente. – Tenho que agradecer pelo que você escreveu sobre mim. É a única coisa boa que escreveram a meu respeito, exceto pelo que se pode ler na parede do banheiro do bar.

Jenny ficou vermelha.

– Falando sério, a resenha é brilhante – ele disse.

Ela me apresentou, e Gareth ficou surpreso com o meu nome.

– Não conheço muitos Finbars americanos – disse.

– Tenho certeza de que sou o único – falei.

– O celta se destaca – ele disse. – Bem, tenho que começar a leitura. Peguem bons lugares, mas não na primeira fila. Não vão querer que eu cuspa em vocês.

A Jenny parecia nervosa perto do Gareth e se apressou para me levar dali. Ela me puxou tão rápido que não consegui olhar para onde estava indo e esbarrei em uma garota baixinha.

– Finbar! – ela exclamou.

– Ah – eu disse. – Oi, Celine.

Surpreendentemente, fazia um tempo que eu não pensava na Celine. Depois de nosso encontro desastroso, eu esperava remoer a humilhação por meses. Mas fiquei tão ocupado com a história de ser um vampiro, começar na escola nova e ser rejeitado por outra menina que acabei me esquecendo dela.

Ela parecia a mesma, pequena, morena e com um ar esperto. Eu não conseguia lembrar por que tinha achado que ela era tão bonita. Comparada com a Kate, parecia que a Celine tinha chupado um limão azedo. Ela encostou a cara de limão azedo na minha e deu um beijo no ar.

– Como vai você, *chérie*? – ela disse. – Fazia séculos que eu não tinha notícias suas!

– Eu sei – respondi. – Eu estive... Esta é a Jenny. Jenny, Celine.

– *Enchanté* – Celine disse com afetação.

– Para você também... eu acho – Jenny respondeu.

– Temos que garantir um lugar – a francesinha disse. – Foi bom te ver.

– Quem era? – Jenny perguntou antes mesmo de nos afastarmos o suficiente da Celine.

– Uma menina com quem saí uma vez – falei.

Uau. Eu não podia acreditar que aquela frase tinha acabado de sair da minha boca. "Uma menina com quem saí uma vez." Aquilo soou como se eu já tivesse saído com várias garotas. Soou tão... McDreamy. Ou McSteamy. Sim, mais como McSteamy, porque ele se envolve em mais ação com as mulheres (sim, infelizmente eu sei a diferença entre McDreamy e McSteamy; mais uma vez, culpa da minha mãe).

– Você gosta dela? – ela perguntou.

A Jenny seria uma ótima repórter. Ela sempre faz um monte de perguntas. Mas aquela em particular me fez pensar. E, quando pensei naquilo, percebi que a Celine tinha sido elitista, antipática e mal-agradecida. Ela usou um monte de frases em francês, provavelmente para fazer com que eu me sentisse burro – e obviamente continuava fazendo isso. Além disso, ela nunca me agradeceu pela refeição ridiculamente cara que paguei para ela. Mesmo que eu tivesse exagerado, merecia pelo menos um obrigado.

– Não muito – falei enquanto nos sentávamos. – Quer dizer, eu não gostava dela tanto quanto gostei da Kate.

Jenny engoliu em seco. "Ah" foi tudo que ela disse, depois se fechou como uma ostra.

Felizmente não precisei mais falar com a Celine, já que o Gareth havia começado a ler e a contar histórias. Ele era muito engraçado. Todas as garotas na plateia estavam enlouquecendo com seu sotaque irlandês. *Talvez eu devesse fingir que sou estrangeiro*, pensei de repente. *Aposto que conseguiria um monte de garotas desse jeito*. Então lembrei que ainda estava meio ocupado fingindo ser a última coisa que eu tinha inventado para pegar meninas – um vampiro.

Por alguma razão, enquanto a Jenny e eu caminhávamos de volta até a Estação Central para pegar o trem para casa, a cidade parecia mais calma que o habitual. Na verdade, isso não era real – estávamos bem no meio de Manhattan num sábado à noite. Mas parecia calma para mim, mesmo enquanto eu observava as figuras que passavam por nós. Duas mulheres egoístas brigavam por um táxi.

– Não consigo andar! Estou com seis sacolas da Bloomingdale's! – gritou a primeira.

– *Eu* não consigo andar! Olhe para os meus sapatos! – disse a outra, mostrando um salto perigoso demais para passar pela segurança dos aeroportos.

Dois garotos que pareciam mais novos que eu estavam sendo expulsos de um bar escuro chamado Salão do Espartilho. Um segurança do tamanho do Canadá gritou para eles:

– Não voltem! – antes de bater a porta. Os garotos começaram a brigar para saber qual dos dois tinha dado a pista de que eram menores de idade.

– Isso aconteceu porque você não consegue deixar o bigode crescer! – um deles falou.

– Não – argumentou o outro. – É porque *você* trouxe seu irmãozinho.

– Ei, pessoal! Esperem! – chamou uma voz mais fina. Quando os dois se afastaram, consegui enxergar um pirralho de 10 anos atrás deles.

Sorri enquanto passávamos pelos menores de idade e nos aproximávamos de um artista de rua bem alto que estava cantando os primeiros hits da Mariah Carey com uma voz surpreendentemente convincente. Uau, ele estava acertando as notas altas! Uau, ele... podia ser uma mulher. Ou era ele mesmo? Ou era...

Eu estava prestes a pedir a opinião da Jenny quando percebi o que estava me dando aquela sensação de quietude. A *Jenny* estava quieta. E aquilo era tão raro que me deixou completamente aturdido. Refreando a vontade de perguntar a ela sobre a ambiguidade de sexo da diva, coloquei as mãos nos bolsos enquanto a Jenny se arrastava pelo caminho ao meu lado. Normalmente ela estaria puxando a manga da minha camiseta, me perguntando um milhão de coisas, falando sobre o lançamento. Mas ela não pronunciava uma palavra.

Quando olhei para o lado e abri a boca para conversar, vi o reflexo da luz iluminar o rosto da Jenny. Ela estava chorando! Que diabos? Por que ela estava chorando? Mais importante, o que eu deveria fazer a respeito daquilo? Virei a cabeça rapidamente. Talvez ela não quisesse ser vista chorando. Eu não gostaria que ninguém me visse chorando. Preferiria que todos que estivessem por perto ignorassem completamente a situação.

Mas a Jenny não queria isso. Quando virei a cabeça, ela soluçou de propósito.

Talvez eu apenas tivesse que mudar de assunto e ela esqueceria tudo que a tinha feito chorar. De qualquer maneira, provavelmente não era grande coisa, senão eu teria percebido a Jenny ficar chateada (e eu *tinha* notado aquele travesti cantando Mariah Carey).

– Aquele Gareth é muito engraçado – eu disse. – Quando ele estava lendo...

Um gemido estridente escapou do peito da Jenny.

Merda. Será que as pessoas ouviram isso? Será que alguém estava olhando, pensando que eu tinha feito a menina chorar? *Será* que eu a tinha feito chorar? Merda. Eu nunca deveria falar. Ou fazer alguma coisa. Nunca. Eu sempre estragava tudo.

– Você está bem, Jen? – perguntei. Me afastei sutilmente alguns centímetros, com a cautela de um homem desarmando uma bomba. O que eu deveria fazer com uma menina chorando? Será que ela queria que eu a abraçasse? Que desse a ela um lenço? Eu não tinha lenço! De repente desejei estar em Indiana, naqueles dias em que eu nem conversava com meninas.

Então senti a Jenny puxar meu braço. Ela estava me arrastando em sua direção. Surpreendido pela força dela, fui tropeçando pela calçada e de repente me vi num espaço escuro entre dois prédios, onde não dava para enxergar o chão e só havia saídas de incêndio. Estávamos sozinhos num beco.

Virei a cabeça rapidamente de um lado para o outro, olhando para as pilhas de lixo em uma direção e a rua na outra. Eu não queria encarar a Jenny.

– Me transforme – ela sussurrou.

Então tive de olhar e, francamente, ela parecia uma louca varrida. Suas lágrimas eram como lupas que faziam seus olhos de doida parecerem maiores e mais assustadores. Meus olhos se arregalaram.

– O quê?

Eu mal tinha começado a falar quando ela me imobilizou contra a parede do beco. Suas palmas pressionavam minha jaqueta, como se ela estivesse fazendo uma pintura com as mãos em mim.

– Me transforme – ela repetiu em tom de ameaça, com o queixo avançando em minha direção e os olhos como se pudessem disparar raios *laser*.

Por um segundo, pensei: *Será que a Jenny está tentando se aproveitar de mim?* Eu não tinha muito problema com isso. Estava cheio de carregar minha virgindade por aí, e obviamente a Kate não estava interessada em tirá-la de mim.

– Jenny, eu... – estiquei a mão, nervoso, para tocar seu braço, mas ela estava muito tensa. Será que todas as pessoas do mundo eram mais fortes do que eu?

– Me transforme numa vampira – ela disse.

A iluminação fraca de uma janela me cegou.

– O quê?

Seus braços diminuíram a pressão e finalmente minha respiração voltou ao normal.

– Eu quero ser como você – ela disse com a voz trêmula, as mãos se remexendo sem parar e os lábios tremendo. – Quero ser descolada como você. Quero que todos falem de mim. Quero ser descolada e não me importar com o que digo ou faço. Ou com quem eu machuco.

O quê? Quem eu tinha machucado?

– Eu vou ser melhor do que a Kate – ela disse sinceramente, baixando os braços, com o rosto, esperançoso, voltado para mim. – Vou ser uma vampira, como você. Vou ficar ao seu lado. Ela não vai.

Alguma coisa se contorceu no meu peito. A Jenny *gostava* de mim. Era doloroso vê-la ali parada me dizendo tudo aquilo, revelando coisas que provavelmente resultariam em corações partidos e constrangimentos. Vi um bocado de mim mesmo, do meu próprio ser patético, naquele momento. Não era de admirar que a Jenny tivesse se calado assim que falei o nome da Kate. Ela estava com ciúmes. Eu sempre me gabava de ser perspicaz, acreditando que as meninas gostariam de mim porque eu era sensível, consciente dos sentimentos delas, mas nos últimos três meses com a Jenny constantemente por perto, reclamando das coisas, fofocando, copiando minha lição de casa, eu não tinha percebido que ela gostava de mim. Mesmo quando ela falava sem parar sobre o jeans da Kate, o suor da Kate na aula de educação física e de como a Kate não me entenderia, eu nunca sequer suspeitei da verdade. A Jenny gostava de mim. Ela gostava *de mim*. Por toda minha vida eu tinha esperado que uma menina gostasse de mim, ou que uma mulher de meia-idade gostasse de mim, ou uma freira, ou *qualquer uma*. Eu achava que, quando uma menina gostasse de mim, eu me sentiria – para citar uma expressão que todo mundo usava para falar sobre o meu irmão – "o cara". Agora a Jenny gostava de mim, e parece que fazia tempo – e eu nunca tinha me sentido tão mal na vida. Nem quando a Kate mentiu para mim. Nem quando a Celine me rejeitou.

– Finbar, por favor – ela implorou.

Ai, que merda. Eu não tinha apenas magoado a Jenny, também tinha contado uma mentira cabeluda. E aquilo era o carma voltando para chutar meu traseiro num beco. Claro, eu tinha notado o número crescente de meninas discutindo meu potencial de vampiro e falando sobre minha força. E, claro, a Kayla Bateman tinha surtado quando pensou que eu poderia beber seu sangue. Eu sabia que todo mundo tinha acreditado, mas... a Jenny *realmente* acreditou. Eu não sabia que aquilo iria tão longe.

Minhas mãos estavam molhadas de suor. Eu devia uma à Jenny. Eu não tinha levado seus sentimentos em consideração. Eu a tinha tratado tão mal quanto a Celine me tratara. Eu devia a ela pelo menos uma metamorfose. O problema era que...

– Jenny, eu não sei como fazer isso – eu disse.

Levando as mãos até o peito, comecei a examinar os danos que as palmas dela tinham feito quando me empurraram. Nenhuma costela quebrada. Ufa.

– Sabe *sim*.

– Não sei.

Esmagados contra a parede do beco, meus ombros se encolheram sem esperança.

– Você se transformou num vampiro – ela acusou amargamente, falando do fundo do peito.

Bem, eu teria que transformar a Jenny numa vampira. De todas as situações de merda em que eu tinha me metido nos últimos tempos, essa era a pior. Como eu poderia "transformar" a Jenny? Meu lado católico dizia que deveria haver algum tipo de cerimônia. Tipo a maneira como eu recolhia as cinzas na Quarta-Feira de Cinzas, ou como o padre ungiu minha cabeça na crisma. Olhei em volta, procurando alguma coisa que pudesse usar. *Com os poderes desta lata de Pepsi coberta de herpes, eu vos consagro, Jenny, uma vampira.* Ou: *Com o sangue deste pombo caolho, eu vos consagro...* Minhas opções eram escassas.

Felizmente, a Jenny foi mais específica.

– Me morda – suplicou.

Ela ofereceu o pescoço nu para mim, puxando a gola para baixo e revelando sardas que eu nunca tinha visto.

Ai, meu Deus. Outra vez o nome do senhor em vão, é verdade. Mas eu realmente precisava de ajuda.

Contra minha vontade, sem nenhum plano, senti minha cabeça se inclinar em direção ao pescoço dela. Havia uma grande distância a cobrir entre meu corpo de varapau e o corpinho de duende da Jenny, e durante todo o trajeto fiquei pensando: *Que diabos vou fazer?*

Mas então um pensamento me ocorreu. Era como se eu de repente tivesse a sabedoria de um homem de mil anos. Ou pelo menos de alguém com idade suficiente para beber.

Continuei como se estivesse indo em direção ao pescoço, na curva de junção com a clavícula, e parei bem perto por alguns segundos, sentindo o calor desesperado que emanava daquelas sardas. Mas então desviei. Fui até a orelha da Jenny e disse:

– Se transforme você mesma.

Ela recuou como se eu tivesse mau hálito.

– O quê?

– Se transforme você mesma – falei. – Apenas decida que você é diferente. Decida que é uma vampira. Se você acreditar, todo mundo também vai acreditar.

– Não – ela tremeu. – Ninguém vai acreditar.

Me inclinei para mais perto dela novamente.

– Você acreditou em mim – eu disse.

Fiz um movimento brusco, batendo os dentes, e Jenny estremeceu até os cotovelos.

– Viu? – eu disse suavemente.

– O quê? – ela perguntou. – Você não é um vampiro de verdade?

– Não! – respondi rapidamente. – Quer dizer, sim. Mais ou menos. Sou *quase* um vampiro. Tenho toda aquela... aura, sabe? A aura de vampiro. Tenho atitude de vampiro também. Tenho a aura e a atitude. Eu só não, humm, bebo sangue.

O pequeno rosto da Jenny estava muito sério.

– Então você não é *tecnicamente* um vampiro?

Tecnicamente... Pensei na capacidade do Chauncey Castle de responder a uma pergunta com outra, e juntei a isso meu amplo conhecimento da Jenny.

– Você gostaria de ser *tecnicamente* uma vampira, Jenny? – perguntei. – Dar adeus ao chá gelado, às roscas do Dunkin' Donuts. Além disso... você estaria morta. Então nunca conseguiria tirar carteira de motorista.

Já estávamos num beco escuro, mas a ideia de nunca conseguir a carteira de motorista era *realmente* assustadora para a Jenny. Seus braços afrouxaram, libertando meu peito e me deixando respirar novamente. Seus ombros também relaxaram.

– Acho que eu não gostaria de ser *tecnicamente* uma vampira – ela disse. – Quer dizer, eu preferiria ser a Tesora Chest, de *A sedutora e o aventureiro*. Ou a Raven Mane, de *Dragões e rainhas do drama*. Foi para ficar parecida com ela que pintei o cabelo – acrescentou, olhando para mim.

– Ahhh – exclamei, tentando acenar com admiração para os cabelos dela, que tinham crescido tanto que estavam dois terços cor de laranja e apenas um terço pretos.

– Mas ninguém nem percebeu quando pintei o cabelo – ela disse, balançando a cabeça. – Nenhum dos alunos com quem estudo há doze anos.

Meu Deus, pensei. Eu realmente precisava investir em lenços se fosse ficar andando com tantas meninas.

Mas a Jenny não estava chorando quando olhou para mim. E então ela disse algo realmente significativo.

– Acho que eu não queria ser uma vampira. Só queria ser outra pessoa.

Logo depois, ela saiu do beco e seguiu pela rua em direção à Estação Central para pegar o trem. Enquanto eu a seguia, deveria ter me sentido mal em relação a ela. Com os cabelos mal tingidos e aquele casaco preto gigante, parecia ter sido expulsa da família Addams. E de repente pensei em várias coisas para confortá-la, como um elogio vago que o Jason Burke havia feito aquela semana, ou o fato de que o autor irlandês Gareth parecia realmente meio intrigado com a Jenny, olhando para ela algumas vezes durante a leitura.

Mas ela tinha dito aquilo com tanta naturalidade, como se fosse normal: "Eu só queria ser outra pessoa". E acho que era mesmo normal. Por que mais eu teria feito um discurso sexual na aula de inglês e batido num valentão? Aquilo não era nada típico de mim. Por que outra razão eu tinha me transformado num vampiro?

Parecia tão simples agora. De alguma forma, a Jenny esquisitinha havia simplificado tudo. Ela queria ser outra pessoa. Eu queria ser outra pessoa. E nós não éramos os únicos. Aposto que até o Luke gostaria de ser outra pessoa às vezes – alguém capaz de passar em matemática ou de ficar quieto durante uma prova. E até a Kate quis...

Não. Eu ainda estava bravo com a Kate. Não podia pensar nela ainda.

– Vamos – Jenny me chamou mais à frente, na calçada. – Vamos perder o trem se você não se apressar.

17

Levei uma semana para perceber que o Luke estava deprimido. Desde a festa em New Rochelle, ele estava tão para baixo que nem jogava coisas no teto durante a noite. Só suspirava, rolava na cama e dormia. Embora ele habitualmente tratasse as escadas e as paredes da casa como um parque de diversões, só tinha escalado a janela do segundo andar uma vez aquela semana. E isso porque precisávamos da ajuda dele para destrancar a porta.

– E aí, como está indo em matemática B? – perguntei um dia, enquanto ele estudava na minha escrivaninha (a dele estava, como de costume, coberta de roupas suadas). Normalmente ele não prestava atenção no que estudava. Fiquei impressionado com a concentração dele aquele dia. Ele não estava estudando, mas ficou brincando com um lápis-borracha por uns quinze minutos direto.

– Tudo bem – ele disse, dando de ombros.

Sondei, pressionei e toquei em pontos sensíveis para descobrir por que ele estava chateado, técnica que aprendi com a minha mãe.

– Você vai repetir? – perguntei.

– Duvido – ele disse. – Tirei 8 na última prova.

– Luke! Isso é bom pra caramba!

– É – ele suspirou novamente. O que era aquele suspiro? Eu nunca tinha ouvido o Luke suspirar. Então um pensamento me ocorreu. Ele estava agindo com mais calma.

– Você voltou a tomar o remédio? – perguntei de repente.

Ele se virou na cadeira e levantou uma sobrancelha. Depois balançou a cabeça.

– Não.

Gêmeos funcionam mais ou menos como uma gangorra. Quando um de nós desce, o outro automaticamente sobe. Não quero dizer que estava contente por ver o Luke chateado. Pelo contrário, quando percebi que ele estava mal, fiquei mais otimista para tentar animá-lo. Ou mais irritante, tentando distraí-lo.

– Ei – gritei da minha cama. – Tem uma barba crescendo aí?

Será que o meu irmão estava deprimido demais para fazer a barba? O que era aquilo?

Levantei e caminhei até o Luke. Realmente ele estava com uma espécie de barba. Uma barbicha de meio centímetro.

– Ai, que barba sexy – falei. – É meio... ruiva.

– Eu sei – ele disse. – Mas não sei por quê.

O cabelo do Luke era castanho mais claro que o meu. Mas a barba dele era meio marrom-avermelhada.

– É o lado irlandês aparecendo – falei. – Lindo de morrer. Posso tocar?

– Não – ele disse. – Não toque em nada.

Estendi a mão para tocar seu rosto. Ele me deu um tapa com aqueles reflexos felinos que fizeram tantos rivais no futebol da escola chorarem. Tentei de novo, mais rápido, e ele não me atingiu.

– Uau, sexy – eu disse, esfregando o rosto do meu irmão. Viu só? Eu me torno um completo idiota quando o Luke não é ele mesmo. Um de nós tem que estar maluco para justificar a paranoia da minha mãe.

– Sexy como um cacto.

– Tá bom, tá bom – ele disse. – Agora me deixe fazer essas coisas de matemática.

– Vamos, Luke – eu disse. – O que você tem?

Ele virou um rosto triste de cachorro perdido para mim.

– Tudo bem, lá vai – falou, levantando. Depois virou a cadeira e sentou de novo para a grande revelação. – Estou apaixonado.

Comecei a rir.

– Não, você não está. Você está drogado!

– Estou apaixonado – ele repetiu com tristeza.

– Você está chateado porque está apaixonado? – perguntei. – Quem você é, aquele garotinho de *Simplesmente amor*?

Luke voltou a ser ele mesmo por um minuto.

– Você realmente assiste a filmes demais com a mamãe – disse.

– Quem é a garota? – perguntei. – Ela estava na festa do time de futebol?

Luke concordou com a cabeça.

– É aquela menina que estava se esfregando tanto em você que acabou com a pele ralada? – perguntei.

– Não – ele disse.

– É aquela que tomou uma dose de tequila na sua barriga?

– Não.

– É aquela que tirou oito fotos com você e depois começou a chorar porque deixou cair a câmera digital?

– Não, não é essa – ele disse. – Para falar a verdade, eu não conversei com ela na festa.

– Espere aí – interrompi. – Ela não estava ocupada discutindo sobre as músicas do Chris Brown, estava?

– Não.

– Ufa.

– Ela não ficou muito tempo – ele disse. – Não gosta muito de festas. E não gosta de futebol, então não posso usar isso para chegar nela.

– E do que ela gosta? – perguntei.

– De livros – ele respondeu, com a voz triste. – Espere aí!

Ao levantar da escrivaninha num salto, Luke jogou longe a cadeira. A energia dele havia voltado. Pensei em emitir um alerta de furacão para a região.

– Você pode me ajudar! – ele exclamou, pulando sem parar. As tábuas do chão rangeram em protesto. – Finn, você pode me ajudar! Essa menina gosta de *livros*! Você deve saber quem ela é!

– Por que eu saberia? – perguntei.

– Ah, por favor – ele disse. – Todas as pessoas que leem se conhecem.

– Pessoas que leem? Não, nós não nos conhecemos. Mas talvez eu faça um grupo no Facebook.

– Finn, isso é brilhante! – ele ainda estava agitado. – Você pode mesmo me ajudar! Ela é seu tipo de garota. Inteligente, tranquila, péssima plantando bananeira em cima de um barril de chope...

– Uma vez – reclamei.

– Mas você pode me ajudar!

Balancei a cabeça.

– Tenho meus próprios problemas com garotas, Luke.

– Você me deve uma – ele disse. – Vamos lá, me ajude! Eu já ajudei você com garotas.

Zombei dele.

– Você me convidou para uma festa com a Kate. Eu levei um soco e ela caiu fora.

Ele começou com uma chantagem emocional:

– Eu ajudei você a pegar meninas a vida toda!

– A vida toda? – questionei. – A Kate foi a primeira menina que eu beijei!

– Mas... – Luke estava levando seu cérebro ao limite. – Lembra daquela bibliotecária de que você gostava quando éramos pequenos?

Fingi que não sabia.

– Bibliotecária? Não lembro.

Luke colocou as mãos em forma de círculo na frente do peito, o sinal universal para "peituda".

– Tudo bem – admiti. – O que tem ela?

– Lembra daquela vez que você estava com o tornozelo quebrado e o alarme de incêndio disparou na biblioteca, e ela carregou você para fora, tipo, no colo? – ele perguntou, com uma memória surpreendentemente precisa. – Ela carregou você para fora, cara.

– Sim – admiti. Eu lembrava. A bibliotecária tinha me levantado e me segurado contra o peito enquanto deixávamos o prédio, com o alarme de incêndio soando. Eu me senti tão seguro aninhado nos seios dela.

– E o que isso tem a ver com você? – perguntei.

– Eu sabia que você gostava dela – ele disse. – Por isso armei aquilo.

– Você acionou o alarme? – perguntei, chocado.

– Não! – ele protestou, depois sorriu. – Eu comecei o incêndio.

Ri alto, o que não deveria ter feito, porque começar um incêndio num lugar cheio de papel é uma coisa idiota de se fazer. Mas o Luke tinha feito aquilo, e a coisa não terminou em desastre porque ele é protegido por toda sorte que eu não herdei.

– Bem, acho que posso te recomendar algumas coisas para ler – falei, dando de ombros. – Você sabe de que tipo de livro essa menina gosta?

– Humm... – ele desviou o olhar. Eu nunca tinha visto meu irmão envergonhado ou sem jeito antes. Uau, até que enfim; ele tinha alguma semelhança com a família.

– Ela gosta de livros de lobisomem – ele murmurou.

– Peraí, Luke – comecei, desconfiado. – Você *detesta* barba. Ela dá coceira dentro do capacete de futebol. E você não ia querer de jeito nenhum que as pessoas soubessem que você é ruivo. Você está parecendo um duende.

– É, mas... – ele resmungou.

– Eu sei o que você está fazendo! – anunciei em triunfo. – Você está...

– Tudo bem! – ele disse. – Tudo bem! Eu sei! Eu estou meio que...

– VOCÊ ESTÁ SE TRANSFORMANDO NUM LOBISO-MEM! – gritei, e em seguida explodi numa gargalhada.

– Eu não estou me *transformando* num lobisomem – ele me corrigiu. Uma vez na vida ele estava preocupado com a semântica. – Estou apenas... cultivando um visual de lobiso-mem. Quer dizer, não vou *morder* ninguém.

– Você está me copiando! – protestei. – *Eu* me transformei num vampiro, e *eu* não mordi ninguém!

Dei um soco no ombro do Luke, o que foi uma coisa estúpida de se fazer, já que ele parecia um muro de concreto.

– Não estou copiando você! – ele disse. – Um lobisomem é totalmente diferente de um vampiro! Você é assustador o tempo todo. Comigo a coisa acontece, tipo, uma vez por mês...

– Como a TPM? – sugeri.

– Cala a boca!

Ri do Luke e fui embora, dizendo:

– Cara, você sempre quis ser igual a mim.

Naquele domingo, eu ia correr com o Jason Burke para me preparar para o primeiro treino de corrida de inverno na segunda-feira. Mas não rolou. O Jason teve uma lesão amorosa. Enquanto ele estava dando uns amassos com a Kayla Bateman numa festa no fim de semana, ela subiu em cima dele e ele foi esmagado pelos peitos dela. Sério. O médico disse que ele teve uma fissura na costela.

– Eu disse para a minha mãe que você me deu uma cotovelada na pista – ele acrescentou quando me ligou para cancelar o treino.

– Não acredito, Jay!

– Ah, eu não podia falar a verdade – justificou, o que fazia sentido.

Já que o Jason não podia correr, decidi pular o treino e ir à biblioteca. Na verdade, eu tinha feito isso algumas vezes. Sempre que o meu personal trainer, Luke, me mandava correr sozinho, eu dava um pique até o fim da quadra e, em seguida, assim que estivesse fora da vista dele, caminhava até a biblioteca. Ele nem desconfiava.

Naquele dia, subi os degraus da biblioteca de tijolo aparente e cumprimentei a Agnes e outra bibliotecária que me conhecia pelo nome. Infelizmente, aquelas eram algumas das poucas mulheres que tinham sobrado na minha vida, agora que eu não tinha mais nada com a Kate.

Aquele seria um dia de poesia, decidi. A seção de poesia ficava no mesmo corredor onde eu havia sido apanhado lendo *Sede de sangue*. O livro escolhido dessa vez era bem menos escandaloso: *Poemas completos de W. B. Yeats*. Yeats foi um poeta irlandês que nunca conseguiu a garota que queria – uma revolucionária irlandesa gostosa chamada Maud Gonne. Ele escreveu uma tonelada de poemas sobre ela, mas a relação deles não deu certo. Ela gostava de caras mais viris, do tipo que não escreve poesia. E ele não poderia ser alguém que não era. Eu compreendia aquilo.

Para ser honesto, eu sentia uma espécie de alívio por não ser mais um vampiro. Era irritante ter de inventar respostas filosóficas para as coisas. Era um sofrimento evitar comer ou beber em público. E eu não conseguia "enfeitiçar" ninguém, nem mesmo a Agnes, que tentei enfeitiçar para não levar uma multa pelos livros atrasados. Eu estava pensando em como era relaxante parar com toda aquela coisa de vampiro e até poder tirar umas sonecas na aula, como o Matt Katz, quando levantei a cabeça e vi a Kate andando na minha direção. Ela estava vestindo um moletom enorme, que cobria suas mãos (minha mente neurótica me dizia que era de um ex-namorado, um cara com quem ela costumava "fazer coisas" antigamente. Tive um calafrio. Parei de pensar nisso). Ela veio até a mesa, mas ficou a meio metro da cadeira à minha frente.

– Oi – ela disse, ainda mais baixo do que se deve falar na biblioteca.

– Como você sabia que eu estava aqui? – perguntei imediatamente.

– Eu estava dando aula para o Luke – ela respondeu. – Ele disse que você falou que ia correr, mas que provavelmente viria para a biblioteca.

Fiquei tão surpreso que acabei me cortando com uma folha de papel e derramei um pouco de sangue sobre um poema autodepreciativo.

– O quê? Mas o Luke não...

– Ele te conhece melhor do que você pensa – ela disse.

– E por que você veio? – perguntei.

– Bem, entre outras razões...

Kate examinou meu rosto, mas eu não parecia amigável nem sorri. Ela continuou:

– Eu tinha uma coisa para devolver. Um livro.

Um pequeno livro com capa de couro surgiu da manga do moletom da Kate. As letras douradas me eram familiares. *Sonetos de William Shakespeare*. Eu tinha falado para ela sobre os sonetos de Shakespeare em um dos nossos almoços.

Olhei para o livro, em vez de olhar para ela. Eu não estava pronto para perdoá-la. Enquanto eu olhava para baixo, ela se sentou na cadeira à minha frente e abriu o livro.

– Acho que este aqui tem meus versos favoritos – disse, virando lentamente as páginas. – Soneto 29.

Seus lábios formaram um biquinho enquanto ela pronunciava cuidadosamente as palavras antiquadas:

Quando, malquisto da fortuna e do homem,
Comigo a sós lamento o meu estado,
E lanço aos céus os ais que me consomem,
E olhando para mim maldigo o fado;

Vendo outro ser mais rico de esperança,
Invejando seu porte e seus amigos;
Se invejo de um a arte, outro a bonança,
Descontente dos sonhos mais antigos;

Se, desprezado e cheio de amargura,
Penso um momento em vós logo, feliz,
Como a ave que abre as asas para a altura,

Esqueço a lama que o meu ser maldiz:
Pois tão doce é lembrar o que valeis
Que esta sorte eu não troco nem com reis.

– Acho que gosto dele – ela explicou – porque é sobre...
não gostar de si mesmo. E querer mudar. Querer ser popular
e outras coisas idiotas que não importam. Até que você encontra alguém que lhe permite ser você mesmo. O que é ainda
melhor do que ser um rei... ou uma rainha.

– Obrigado pela análise – respondi. – Mas eu já tinha lido.

Quando encarei a Kate do outro lado da mesa, ela se inclinou para frente. Colocou o livro de sonetos ao lado do meu.
Suas mãos deslizaram sobre a mesa até ficar bem perto das
minhas.

– Eu não menti para você, Finbar – ela disse. – Eu menti
para todo mundo da minha outra escola. Fingi que gostava
de festas e de beijar um monte de caras. Eu não gosto. Fiquei
com aquela foto no meu armário para me lembrar que era
ridículo me preocupar com tudo aquilo. Eu estava fingindo
com eles. Mas não estava fingindo com você.

Peguei o livro de couro da mesa e folheei as páginas, mas
não li uma palavra. Vi as mãos da Kate apertando as mangas
do moletom e percebi que ela havia prendido a respiração.

– Como é mesmo o nome desse cara? – perguntei, olhando
para a capa do livro.

Kate ficou confusa por um minuto, mas então soltou o ar
e se permitiu sorrir.

– Shakespeare? – continuei. – Humm... nunca ouvi falar.

– Ele nunca fez sucesso – ela brincou, balançando a cabeça.
– Era meio emo, meio subversivo.

– Ahhh – concordei. Quando vi a Kate sorrindo do outro
lado da mesa, não pude deixar de sorrir também. Ela percebeu
o que eu quis dizer ao relembrar nossa brincadeira sem graça
sobre Shakespeare.

– Então você me perdoa? – perguntou.

– Acho que é justo – eu disse, colocando o livro de Shakespeare de novo ao lado do meu Yeats. – Quer dizer, eu nem sempre dei a você uma imagem totalmente... precisa sobre mim.

– Ah, é? – ela inclinou a cabeça, quase tocando o capuz do moletom. – Eu *sabia* que Finbar não podia ser seu nome verdadeiro.

Revirando os olhos, eu disse:

– Nossa, como eu gostaria que *isso* fosse verdade.

– Então, quem é o Finbar de verdade? – ela me desafiou, apoiando o queixo nas mãos para ouvir.

– Bem, em primeiro lugar – arranhei a mesa de madeira com as unhas –, sou alérgico ao sol. Assisto aos filmes da Kate Hudson com a minha mãe. Todas as bibliotecárias deste lugar me conhecem pelo nome. Tenho medo da comida do seu pai, fico intimidado pra caramba por você e, definitivamente, não sou um vampiro.

Kate riu e estendeu as mangas gigantescas sobre os livros para colocar as mãos em cima das minhas, que estavam, é claro, horrivelmente geladas. Ela não perguntou sobre meu problema com o sol, não reprovou meu gosto por filmes, não zombou do meu fetiche por bibliotecárias. Apenas falou:

– Vou pedir ao meu pai para preparar uns hambúrgueres na sexta-feira.

– Sexta?

– Queríamos que você aparecesse lá outra vez – ela disse. – Minhas irmãs e meu irmão querem conhecer meu namorado.

Ciúme e náusea subiram pelo meu estômago. Comecei a gaguejar, mas, antes de dizer qualquer coisa, percebi que ela estava falando de mim.

– Humm... namorado? – repeti, como um idiota.

Embora a Kate tenha encolhido os ombros, como se aquilo não importasse, percebi que os dedos dela estavam tensos e apertados na manga do moletom.

– Se você quiser – ela disse.

E eu respondi:

– Legal.

Foi simples assim. O moletom da Kate podia até ter pertencido a outro, mas ela era minha. Deixamos os dois livros sobre a mesa, e dei uma piscada para a Agnes enquanto Kate e eu saíamos juntos. Eu não era o garanhão descrito nos bilhetinhos da minha mãe, não era o vampiro galã que a Ashley e a Kayla esperavam e não era o musculoso Finbar 2.0 que os treinos do Luke tinham como objetivo. Era apenas o cara que ia levar a Kate para casa. E isso era exatamente o que eu queria ser.

– A propósito – falei enquanto abria a porta do carro para ela –, o Luke é um lobisomem agora.

– O quê? – ela perguntou.

– Ele está fingindo ser um lobisomem para impressionar uma garota – balancei a cabeça. – Pobre coitado.

– Bom, eu tenho que dizer – comentou de maneira crítica – que jamais poderia acreditar que você é um vampiro. Mas consigo pensar no Luke como um lobisomem.

– Ah, é? – falei, avançando de forma ameaçadora com meus dentes na direção dela. – Espere até eu transformar você.

Kate riu.

– Não conte para a sua mãe que o Luke é um lobisomem. Tenho a sensação de que ela ficaria maluca pensando nos pelos espalhados sobre os móveis.